BJ

비제이

2

백묘 판타지 장편소설

dream
books
드림북스

비제이(B.J) 2

초판 1쇄 인쇄 / 2010년 12월 27일
초판 2쇄 발행 / 2012년 1월 9일

지은이 / 백묘

발행인 / 오영배
편집팀장 / 신동철
책임편집 / 신동철
편집디자인 / 신경선
펴낸 곳 / (주)삼양출판사 · 드림북스

주소 / 서울특별시 강북구 송천동 322-10호
대표 전화 / 02-980-2112 팩스 / 02-983-0660
편집부 전화 / 02-980-2116 팩스 / 02-983-8201
블로그 / blog.naver.com/dreambookss

등록번호 / 제9-00046호
등록일자 / 1999년 3월 11일

ⓒ 백묘, 2011

값 8,000원

(주)삼양출판사 · 드림북스의 서면 허락 없이는 어떠한
형태나 수단으로도 이 책의 내용을 이용하지 못합니다.

ISBN 978-89-542-4143-4   04810
ISBN 978-89-542-4141-0   (세트)

* 지은이와 협의하에 인지는 생략합니다.
* 잘못된 책은 구입한 곳에서 바꾸어 드립니다.

비제이

백묘 판타지 장편소설

FANTASYSTORY & ADVENTURE

2

dream
books
드림북스

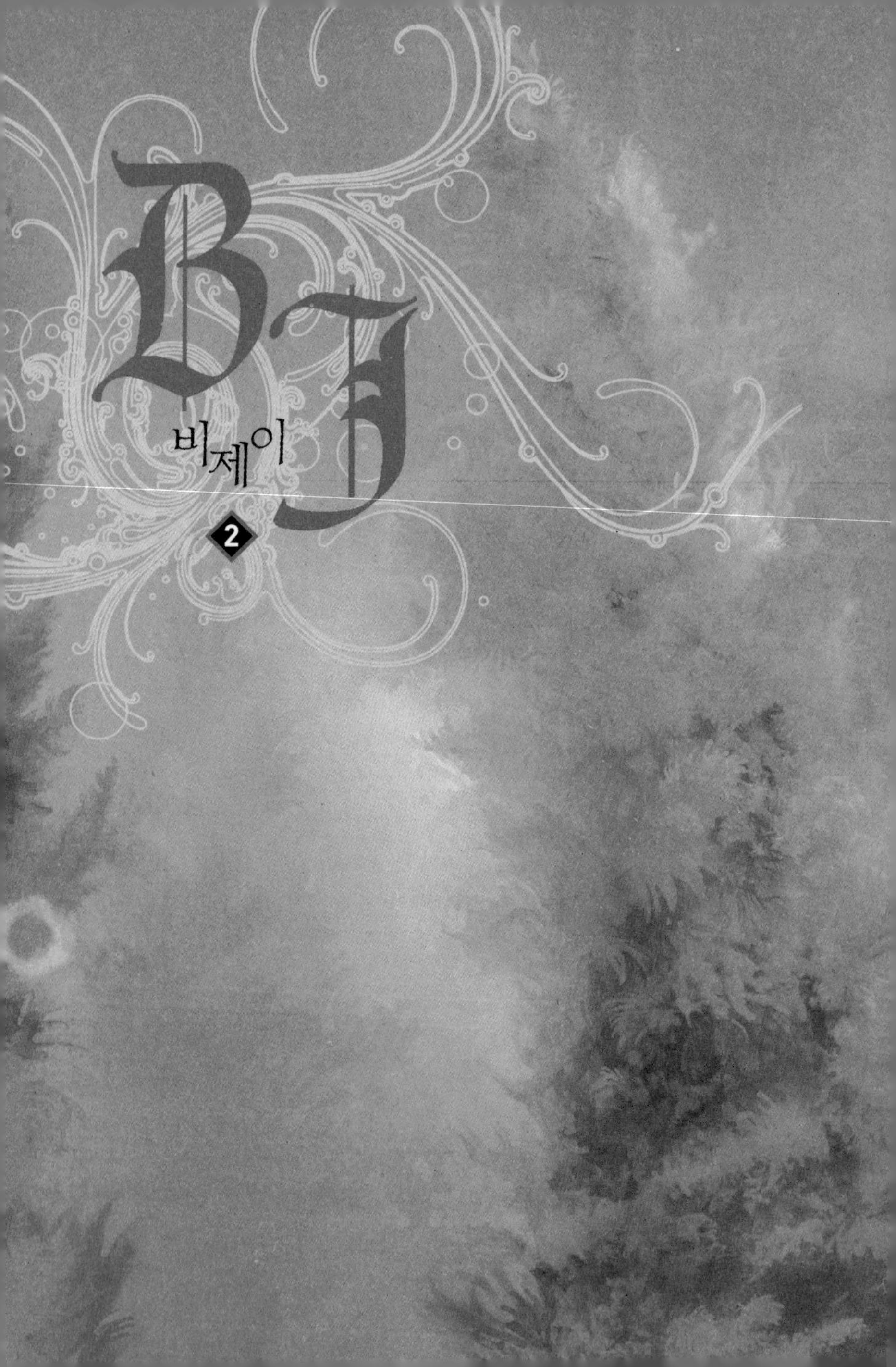
BJ
비제이
2

Contents

1장

푸른 장미

교수실로 들어오던 라이빈이 움찔 걸음을 멈췄다. 붉은 기사 레이의 검이 라이빈의 목을 정확하게 겨누고 있었다.

"이런, 이거 너무 환대해주시는군요. 들어가도 되겠습니까?"

라이빈이 여유를 되찾고 웃으며 다시 발을 옮겼다.

탁.

문이 닫혔다.

라이빈이 소파로 걸어갔다. 비제이는 라이빈에 대한 경계를 늦추지 않았다. 마법학부에 속한 교수들의 교수실은 마법을 사용할 수 있는 얼마 안 되는 공간 중 하나였다.

라이빈은 6서클 마법사. 게다가 호페의 아들. 용언 마법이

가능할지도 몰랐다.

"걱정하지 마세요, 비셀라 양. 전 용언 마법을 사용할 줄 모릅니다."

"어머, 교수님. 비제이라고 불러주세요. 호호호."

"비셀라도 잘 어울리는걸요. 아름답습니다, 비셀라 양."

"그러게요. 비제이가 진짜 여자였다면 한번 꼬셔봤을 텐데 말입니다."

후딘이 킥킥 웃었다.

"장난은 됐고요."

비제이가 라이빈의 맞은편에 앉아 자신의 두 손을 거머쥐었다. 레이는 여전히 라이빈의 뒤에 서서 목에 검을 겨눈 상태였다. 비제이는 한동안 라이빈 교수의 눈동자를 물끄러미 응시하다가 물었다.

비제이가 침잠의 장미를 테이블에 올려놓으며 단도직입적으로 물었다. 침잠의 장미를 보고도 라이빈의 표정은 흐트러지지 않았다.

"그것 때문에 교수실로 오라고 한 겁니다, 비제이. 오늘 아침에 마법학부 여학생이 교수실로 찾아왔죠. 평소에 절 사모하고 있다면서 이 꽃을 주더군요. 뭐, 자주 있는 일입니다."

"부럽습니다."

후딘이 중얼거렸다.

"향기를 맡으셨나요?"

"하하, 비제이. 난 꽃향기를 맡는 낭만적인 취미는 없답니다. 게다가 그 여학생이 이상할 정도로 향기를 맡아보라면서 재촉하더군요. 남이 하라고 하면 하기 싫은 게 사람 마음 아니겠습니까? 게다가 새파란 장미꽃이라니. 누가 그런 수상한 꽃의 향기를 맡겠습니까? 중독이라도 되면 어쩌려고."

비제이가 레이에게 눈짓했다. 레이가 검을 거두었다.

라이빈이 두 손을 슬쩍 올리며 장난스럽게 물었다.

"오오, 이렇게 쉽게 의심을 푸신 겁니까?"

"적어도 홀린 것 같진 않네요."

"그 꽃, 확실히 이상하더군요. 여학생이 나간 후에 이런저런 마법을 걸어봤습니다. 파이어 마법도 아이스 마법도 통하지 않던데…… 혹시 그거 트레저 아닙니까?"

"트레저 맞습니다."

"당신이 이곳에 온 건 그 꽃 때문이겠군요. 위험한 겁니까?"

"아주 위험합니다. 어쩌면 아카데미 문을 닫아야 할지도 모르죠."

"그런가요? 나야 뭐, 올타 사람이 아니니 상관없지만 올타국은 꽤나 타격을 받겠군요. 실례가 안 된다면 차를 한 잔 끓여도 되겠습니까? 역겨운 시체를 보고 왔더니 속이 미식거려서. 아, 혹시 시체에 대해서는 보고받았나요?"

"예이, 그것도 역시 이 장미와 관련된 시체입니다."

"이런……."

라이빈은 고개를 저으며 교수실 구석에 마련된 바(Bar)로 향했다. 라이빈은 차를 끓이며 말했다.

"아까 비제이 군을 시험한 건 죄송합니다. 제 동생이랑 같이 다니는 분이 어느 정도 실력인지는 알고 싶었거든요."

"아아."

"2서클 마스터는 한 것 같은데…… 3서클도 마스터하셨습니까?"

"뭐, 글쎄요."

"그 이상이신가 보군요."

"아뇨, 마법에는 별로 재능이 없어서요."

"서클을 완성시키는 게 힘드시다면 루빈한테 물어보십시오. 그 녀석, 5서클이니 비제이 군의 마법 공부에 도움이 될 겁니다."

"5서클이요?"

비제이와 후딘이 입을 쩍 벌렸다.

아카데미 마법학부를 졸업하면 간신히 1서클을 완성시킬 수 있다. 하지만 완성하지 못하는 사람들이 대다수였다.

마탑 수련생으로 들어가거나 혼자 수련을 해야만 겨우 1서클 완성. 그 후 계속 실전을 경험하고 수련하지 않으면 안 된다.

그래서 2서클까지 만들고 그 상태로 머무는 마법사가 대부분이었고, 3서클만 돼도 대단한 마법사로 대우를 받았다.

대륙 전체를 통틀어 6서클 마법사는 모두 열한 명. 그들은 '11명의 현자'라 불렸고, 그중의 한 명이 라이빈이었다. 7서클 마법사는 한 명이 있지만 세상에 나오지 않아 '산의 은둔자' 라고 불렀다.

8서클은 한 명도 없고 호페가 유일한 9서클이었다. 8서클만 돼도 인간이 도달할 수 없는 경지였기에, 호페가 대마법사라 칭송을 받는 것이었다.

한마디로 5서클이면 대단한 실력이다.

"루빈은 자기가 마법에 재능이 없다고 하던데."

"없긴 없죠. 아버지는 여덟 살에 5서클, 저는 아홉 살에 5서클을 완성시켰는데 그 녀석은 열 살이 넘어서 겨우 4서클을 완성했으니까요."

"아니, 아니. 그건 그쪽 집안이 좀 이상한 거 아닌가요?"

"아무튼 루빈 녀석이 도움이 될 겁니다. 지금쯤 도서관에 틀어박혀 있을 텐데……."

"……뭐……라고요?"

비제이의 얼굴이 하얗게 질렸다.

"지금 루빈이 아카데미 안에 있습니까?"

"네, 그런데요? 비제이 군도 알고 있는 거 아니었나요? 저번에 물어봐서 알고 계신 줄 알았는데……."

"만나고 나서 바로 떠났다는 말인 줄 알았죠. 혹시 그날부터 쭉 아카데미 안에 있었던 겁니까?"

라이빈이 찻잔을 들고 돌아섰다.

"네, 무슨 문제라도 있습니까?"

"누군지는 파악하지 못했지만, 우리의 적은 루빈이 비제이의 일행이라는 것을 알고 있을 거요. 아카데미 안에 루빈이 혼자 있다면, 놈의 타깃이 될 확률이 높소."

레이의 말에 라이빈의 얼굴도 하얗게 질렸다.

"이런…… 루빈은 아카데미가 처음이라서 마법을 사용할 수 없다는 것도 모를 텐데……."

비제이가 일어났다.

"도서관이 어디에 있죠?"

레이와 후딘은 다시 모습을 감추고 비제이와 라이빈은 함께 도서관으로 향했다.

"라이빈 교수님, 어서 오세요."

하품을 하던 도서관 사서가 황망한 듯 일어나 인사했다. 비제이는 도서관 사서를 응시했다. 허름한 갈색 옷을 걸친 마흔 살가량의 여자였다.

"지금 도서관을 이용하는 학생 있습니까?"

라이빈이 물었다.

"아까 학교 내에 경계령이 울려서 두 명 정도 있던 학생들도 전부 기숙사로 돌아갔어요."

"아, 그렇습니까? 사서도 이만 돌아가는 게 좋겠습니다."

"네? 하지만……."

"오늘은 더 이상 찾아오는 학생이 없을 겁니다. 문은 내가 나가면서 잠그겠습니다."

"아, 네. 그럼 전 이만……."

사서가 도서관 밖으로 나갔다.

"저 여자도 홀렸어요."

비제이가 말했다.

"아까부터 홀린다고 하시는데…… 홀린다는 게 대체 뭡니까?"

비제이는 침잠의 장미에 대해 설명했다. 설명을 들을수록 라이빈의 표정이 굳어갔다.

"루빈에게…… 무슨 일이라도 생기면……."

"루빈이 이곳에 온 게 일주일도 안 됐으니 만약 홀렸다고 해도 아직은 구해낼 수 있습니다. 단지…… 침잠의 장미 본체를 찾아야 합니다. 본체를 태우거나 제가 직접 조정해야죠."

도서관은 수백 개의 책장을 수용할 수 있을 만큼 거대했다. 둘은 루빈을 소리쳐 불렀지만 인기척이 없었다. 한참을 돌아다니던 비제이가 갑자기 걸음을 빨리했다.

도서관 구석.

비제이가 한쪽 무릎을 굽히고 앉았다.

"핏자국이군요."

바닥에 검붉은 자국이 점점이 나 있었다.

"그걸 어떻게……?"

"제가 피 냄새에 좀 민감하거든요."

비제이는 가볍게 대꾸하며 핏자국을 손바닥으로 훑었다.

"흘린 지 얼마 안 됐네요. 다섯 시간쯤? 루빈의 피인지는 모르겠지만, 도서관 안에서 싸움질을 할 바보는 없으니…… 누군가 여기서 호된 짓을 당했다고 봐야겠죠."

"도대체 누가 아카데미 안에서 이런 짓을……."

동생이 관련됐다는 걸 알게 된 라이빈에게선 더 이상 여유를 찾을 수가 없었다. 라이빈은 긴장된 표정으로 주위를 둘러봤다.

"짐작 가는 사람이 몇 명 있습니다. 일단 교칙을 한 번 더 훑어보고 싶네요."

비제이는 근처에 있던 아카데미 교칙 서적을 꺼내들었다. 400페이지가 넘는 두꺼운 책이었다. 비제이는 책장을 넘기며 말했다.

"레이, 후딘. 계획 변경이야."

레이와 후딘이 높은 천장에서 아래로 가볍게 뛰어내렸다.

"루빈이 놈에게 잡혀간 것 같아. 루빈의 안전을 위해서라도 시간을 끌 수가 없게 됐어. 아직 정확하진 않지만, 되든 안 되는 해봐야겠어."

"우린 뭘 해야 할까?"

"레이, 넌 트릭씨드에 당한 녀석을 아카데미 밖으로 데리고 나가줘. 그리고 후딘, 넌 루빈을 찾아봐 줘. 아마 아카데미 안에 있을 거야."

"알겠다."

레이가 먼저 움직였다. 후딘이 돌아서는데 비제이가 말했다.

"후딘, 수업하는 건물 말고 다른 곳을 찾아봐. 창고나 아니면 관리인 숙소."

"알겠어."

후딘은 어깨를 으쓱하고는 천천히 걸어나갔다.

"라이빈 교수님. 침잠의 장미에 홀린 학생 한 명을 교수실로 불러들여야 할 것 같습니다."

"홀렸다는 걸 어떻게 구분하죠?"

"일단 마법학부 학생 대부분은 홀렸다고 봐야겠죠. 아, 마법학부 반장도 홀렸더군요. 그 애를 불러주실 수 있을까요? 꼭 카밀레 교수를 시켜서 불러주세요."

"반장까지 홀렸다구요?"

비제이가 침잠한 눈빛으로 고개를 끄덕였다.

"교수님, 혹시 외출부를 좀 볼 수 있을까요?"

"외출부…… 아마 관리인이 가지고 있을 겁니다. 사람을 보내놓죠."

라이빈이 도서관을 나간 후 혼자 남겨진 비제이는 교칙 서적을 책장에 넣었다. 그러다가 옆에 있는 책들 중에 유독 먼지가 쌓이지 않은 책을 발견했다.

〈미스터리 트레저의 세계로〉

"누가 이런 책을 읽는 거지?"

비제이는 무심코 책을 빼들었다. 종이가 접혀 있는 부분이 있었다.

"핏자국? 루빈이 읽었던 건가?"

비제이는 책의 내용을 확인하고는 깊은 한숨을 쉬었다.

"스콜피언 대거…… 루빈 너, 이런 걸 조사하고 있었던 거
냐?"

책을 다시 덮어 꽂아 넣는 비제이의 검붉은 눈동자가 어둡게
가라앉았다.

*　　*　　*

레이는 잠시 고민을 하다가 정정당당하게 정문을 통해 남자
기숙사에 들어갔다.

갑작스런 학생의 죽음 때문에 기숙사를 통제하던 교수 몇 명
이 의심 섞인 눈초리를 보내왔다. 레이는 묵묵히 그들을 향해
걸어갔는데, 다행히 레이의 얼굴을 아는 이가 있었다.

"혹시…… 부, 붉은 기사 헤레이스 님?"

그의 말에 교수들이 술렁거렸다. 다른 교수가 맞장구를 쳤다.

"마, 맞는 것 같아. 하늘색 제복에 검푸른 머리카락. 헤, 헤
레이스 님이시다!"

"이, 이럴 수가! 헤레이스 님이 왜 이곳에……?"

그들의 환대(?)를 받은 레이가 낮게 말했다.

"이곳에서 일어난 기이한 죽음을 조사하기 위해 왔소. 지나

가던 길이었지. 기숙사를 잠시 둘러봐도 되겠소?"

"무, 물론이지요."

교수들이 황망히 말했다.

붉은 기사 헤레이스는 대륙의 영웅이었다. 그가 직접 사건을 조사하기 위해 왔다는데 거절할 이유가 없었다. 오히려 그를 청하고 싶을 지경이었으니까.

"아, 안내해드릴까요?"

"괜찮소. 단지 참고인 자격으로 학생 몇 명을 데리고 나가게 될 수도 있는데, 그땐 모르는 척해주면 고맙겠소."

어려움 없이 기숙사에 들어온 레이는 3층으로 올라갔다. 교수들의 눈을 피해 복도에 나와 있던 학생들이 발자국 소리를 듣고 후다닥 방으로 들어갔다.

레이는 지크의 방문을 두드렸다.

"누, 누구세요?"

조심스런 응답이 있었다.

"지크 군인가?"

"그, 그런데…… 누구신지……?"

"동생 비셀라의 이야기를 듣고 찾아왔다. 헤레이스다."

"아!"

벌컥.

지크가 다급히 문을 열었다.

지크는 자기 앞에 서 있는 남자의 모습을 보자 감격에 젖어

말문이 막혔다. 검사학부의 지크에게는 대륙의 영웅 붉은 기사와의 만남이 커다란 사건이었다. 친구인 빅터의 일을 잊을 만큼.

레이는 굳어버린 지크의 어깨를 밀고 안으로 들어가 문을 닫았다.

아까 천장에서도 봤지만 정면에서 보니 더 끔찍하다.

머리 위에 자란 여자 상체 모양의 나무. 기괴하게 뒤틀린 나무는 건드리기도 싫을 만큼 역겨움을 자아냈다.

정신을 차린 지크가 레이의 옆으로 다가왔다.

"저, 저 애는 제 친구인 빅터인데……."

"왜 저렇게 된 거지?"

"잘 모르겠습니다. 저번에 외출을 하고 돌아왔는데…… 그날 밤부터 계속 머리가 아프다고 했습니다. 그러더니 갑자기 머리에서 풀이 자라기 시작했습니다. 뽑아도 뽑아도 자꾸만 자라서……."

지크가 긴장한 어투로 말했다.

"왜 교수들에게 말하지 않았나?"

"그게……."

"대답해라."

"빅터가…… 외출했을 때 술을 마셨다고……."

"술?"

아카데미 학생들은 술이 엄격하게 금지되어 있었다. 음주가 무를 즐겼다는 사실이 알려지면 정학, 혹은 퇴학의 위기에 처할지도 몰랐다.

"술을 마셨단 말이지. 그 이외의 다른 건 없나?"

"저랑 빅터는 롱고 마을 출신인데…… 아시죠? 저……."

"코흔 자작령에 속한 마을 말인가? 산에 둘러싸여 있다고 들었다."

"네, 거기……인데…… 빅터 어머니가 돌아가셔서 마을에 돌아갔었습니다. 장례를 하는데, 한 남자가 마을 사람들에게 술을 대접했다고……."

"한 남자?"

"네, 이마에 긴 흉터가 있는 미남이었다고 하던데……."

꾹.

레이는 동요를 감추기 위해 주먹을 쥐었다.

이마의 긴 흉터.

'설마…… 타이진?'

"그 남자가 자기는 상인이라면서, 괜찮은 일거리가 있는데 짐을 나를 사람이 필요하다고 술 마신 사람들에게 같이 가자고 했답니다. 두 달 정도만 같이 일해주면 되는데 선금으로 가족들에게 1골드씩 지불하겠다고……."

"흠."

"1골드면 엄청 큰돈이고…… 그래서 같이 술 마셨던 마을 사람들이 전부 그 남자를 따라갔다고 했습니다. 빅터도 가고 싶

있는데, 아카데미로 돌아와야 했기 때문에 어쩔 수 없이 못 갔구요."

"그 후로 마을과는 연락을 안 해봤나?"

"네, 아직 한 달도 안 지났고……."

비제이의 말로는 트릭씨드가 단 한 알 남았다고 했다. 아마 희생자는 빅터 한 명뿐일 것이다.

'그런데 왜 이렇게 불안한 거지?'

전쟁터에 서 있을 때보다 더한 불안감이 레이를 덮쳤다.

"저…… 빅터는 도대체 왜 저런 거죠? 저건 대체 뭔가요?"

"저걸 건드렸나?"

"풀일 때는 뽑느라고…… 하지만 저 모양이 된 후로는 못 건드렸습니다. 무서워서……."

"잘했다. 일단 빅터를 아카데미 밖으로 옮겨야겠다. 남들 눈에 띄지 않게 데리고 나가야겠지. 그리고 너……."

레이가 갑자기 허리를 굽혀 지크와 눈을 맞췄다. 비제이만큼 잘 읽을 수는 없었지만 레이도 어느 정도는 사람의 눈을 읽을 수 있었다.

'홀리진 않은 것 같군. 비제이가 확인해줘야겠지만 내 옆에 붙여두면 괜찮겠지.'

비제이가 아카데미에서 무슨 짓을 벌일지는 모르겠지만 그 끝이 끔찍하리라는 것은 예상이 됐다. 그래서 한 명이라도 더 구해내고 싶었다.

"너도 같이 나가야겠다. 망토 있나? 학교 망토 말고."

"아, 빅터랑 하나씩 갖고 있습니다."

"그걸 걸치고 따라나와라. 누가 무엇을 묻더라도 대답하지 말고."

"네."

빅터의 머리 위에 자란 나무는 1.6피트(약 50센치)의 크기였다. 빅터의 머리에 망토를 덮은 레이는 빅터를 번쩍 들어 어깨에 멨다.

끊어질 듯 이어지는 빅터의 숨소리를 들으며 레이는 걸음을 옮겼다.

*　　*　　*

비제이와 라이빈은 교수실에 앉아 반장이 오기를 기다렸다. 기다리는 동안 비제이는 외출부를 읽었다. 두툼한 외출부 위를 비제이의 눈이 빠르게 훑어내려 갔다.

외출부에는 한 달간 밖에 나갔다가 들어온 사람들의 이름과 나간 시간, 돌아온 시간이 적혀 있었다.

비제이가 외출부를 읽는 동안 라이빈 교수는 비제이의 옆모습을 훔쳐봤다. 성인식도 치르지 않은 소년이라고는 생각할 수 없을 만큼 침착한 모습이었다.

'이래서 어린 나이에 마스터 헌터가 될 수 있었던 건가?'

"대충 이 짓을 시작한 사람을 알 것 같습니다."

외출부 마지막장까지 다 읽은 비제이가 입을 열었다.

"누굽니까? 혹시 아카데미 교수입니까?"

"처음엔 그럴지도 모른다고 생각했는데…… 외출부를 보니 그런 건 아닌 것 같습니다."

"그럼 대체 누가? 학생입니까?"

"아니요."

"그럼……?"

"하아, 저야 뭐 거의 때려 맞추기니까 너무 확신하지는 말고 들으세요. 제가 말할 때 뭔가 아니다 싶은 부분은 말씀해주시구요."

비제이가 소파에 등을 기댔다.

"부르드교의 전도사가 미카 항에서 데카 섬까지 왔었습니다. 그런데 막상 신전이 있다는 에니튼 시에는 신전이 없었죠. 그리고 아카데미 안에서 파란 장미꽃 미신이 돌고 있다는 이야기를 듣고 이곳으로 잠입했습니다. 여기까지는 아시죠?"

라이빈이 고개를 끄덕였다.

"아카데미에 외부의 것을 가지고 들어오려면 검사를 하는데, 파란 장미가 반입되었다는 이야기는 없었습니다. 그리고 밖으로 나갔다는 이야기도 없었죠. 이 부분을 확실히 하기 위해, 아카데미에 온 첫날 직접 밖으로 나가보기도 했습니다. 검사가 정말 철저하더군요. 자, 그렇다면 전도사는 어떻게 파란

장미를 가지고 다닐 수 있었으며, 범인은 어떻게 전도사에게
파란 장미를 준 걸까요?”

“…….”

“그리고 또 하나, 범인은 어떻게 학생들에게 파란 장미 미신
을 퍼뜨리고 파란 장미를 나누어줬을까요?”

“…….”

“아카데미에서 소지품 검사를 피할 수 있는 사람이 딱 두 명
있습니다.”

“그게 누구죠?”

“한 명은 아카데미의 학장님.”

“하, 하지만 학장님은…….”

“네, 반 년 동안 아카데미를 방문한 기록이 없으시죠.”

“그럼 또 한 명은……?”

“학생도 교수도 아니라서 아카데미 내의 물건을 가지고 나
갈 위험이 없는 사람, 그래서 아카데미 외부로 나갈 때도 소지
품 검사를 하지 않는 사람, 학생들과 접촉할 기회가 많은 사
람, 학생들이 뭔가를 숨기고 나가도 모르는 척해줄 수 있는 사
람, 외부 사람들과도 쉽게 접촉할 수 있는 사람. 뭐, 떠오르는
거 없으십니까?”

“설마……!”

라이빈의 눈이 커졌다.

“네, 바로 그 사람입니다.”

비제이가 차갑게 웃었다.

"관리인 한스."

라이빈의 손이 떨렸다.

"한스? 관리인 한스라구요?"

"네, 아무리 생각해도 그 사람밖에 답이 안 나오네요."

"그런……."

라이빈이 생각하기에도 비제이의 말이 맞는 것 같았다. 전혀 생각지도 못했던 사람이 범인이라는 사실에 할 말을 잃었다. 잠시 호흡을 고르던 라이빈이 일어났다.

"그럼 당장 그놈을 잡아야 하지 않겠습니까?"

"아, 라이빈 교수님. 진정하고 앉으세요."

"지금 진정하게 생겼습니까? 그놈이 내 동생을…… 루빈을 잡아갔습니다! 피, 피까지 흘리게 하고……."

라이빈 교수의 주먹이 부르르 떨렸다.

"그러게요. 때려 죽여도 시원찮을 놈이지만…… 섣불리 건드리면 더 위험해집니다. 라이빈 교수님도 아시잖아요. 자 자, 일단 앉아서 차 한 잔 들이키세요."

"이런!"

라이빈은 도로 소파에 앉았다.

비제이가 뭘 생각하는지 알 수가 없었다.

"도대체 뭘 어쩔 생각이십니까?"

"라이빈 교수님. 이건 쉽게 생각할 문제가 아닙니다. 그놈이 가진 침잠의 장미는 S급 덴저 트레저입니다. 게다가 번식해서 많은 학생들을 홀렸습니다. 제 예상으로는 아카데미 학생 수의 3분의 2는 홀렸을 거라고 봅니다."

"그렇게나 많이?"

"제 예상일 뿐입니다. 어쩌면 그보다 더 많을 수도 있습니다. 그나마 다행인 건 영혼을 먹히지 않은 학생들은 구할 수 있다는 겁니다. 지금 호흡하지 않는 학생들이 아카데미 학생의 딱 3분의 1입니다."

아카데미의 학생은 전 학년을 통틀어 350여 명이었다. 그중의 3분의 1이라면 백 명이 넘었다.

"그들은 구해낼 수 없습니다."

"그럴 수가!"

라이빈 교수가 비명을 삼켰다. 백 명이 넘는 학생을 구해낼 수 없다니.

라이빈 교수의 혼란스러움을 아는지 모르는지 비제이는 처음과 다름없는 태도로 말을 이었다.

"마법학부 반장은 영혼이 먹혔습니다. 카밀레 교수는 홀린 상태구요."

"카밀레 교수까지 홀렸다구요?"

"아마 학생 중 하나가 라이빈 교수님께 접근한 것처럼 장미를 선물했겠지요. 카밀레 교수는 여자이고 하니 향기를 맡아

보는 낭만적인 취미도 있었을 거구요."

라이빈은 이런 상황에서조차 여유를 잃지 않은 비제이가 놀랍기만 했다. 전체 학생의 3분의 1, 거의 120명에 달하는 학생들이 목숨을 잃게 생겼는데.

"일단 반장과 카밀레 교수가 오면 실험해볼 게 있습니다. 만약 두 사람의 움직임이 심상치 않으면 교수님께서 제지해주셨으면 합니다. 특히 반장의 경우에는 이미 영혼이 없는 상태니 죽여도 무방합니다."

비제이가 담담하게 말했다. 라이빈은 어이가 없었다. 지금 비제이가 자신이 하는 말의 의미를 알고나 있는 건지 의심스러웠다.

"지금 이게 그렇게 쉽게 말할 내용입니까?"

"그럼 어떻게 할까요? 좋은 생각이 있으십니까?"

비제이가 서늘한 눈으로 라이빈을 올려다봤다.

벌떡!

라이빈이 소파에서 일어나 비제이를 노려봤다. 꽉 쥔 두 주먹이 부들부들 떨렸다.

똑같은 인간이다. 그것도 한창 꿈이 많은 어린 학생들. 귀족의 자제도 평민의 자녀도 모두 똑같이 자신의 꿈을 이야기하며 수줍게 웃었다. 가족, 시험, 좋아하는 음식, 자잘한 고민들을 말하며 살아가는 건 똑같았다.

그들의 죽음을 이야기하면서도 비제이는 마치 무생물의 처리 방법을 이야기하듯 담담했다. 끔찍한 무심함!

비제이는 자신을 노려보는 라이빈을 무표정하게 올려다봤다. 흘러내린 금발 머리가 비제이의 한쪽 눈을 살짝 가렸다.

"희생을 최소화할 수 있는 방법을 선택하려는 겁니다. 이대로 시간을 끌면 홀린 학생들 3분의 2가 다 죽게 됩니다. 그 동안 더 많은 학생들이 홀리게 되겠죠. 전교생이 영혼을 잃고 약초학부의 그 학생처럼 썩어버리는 걸 보고 싶은 겁니까?"

"웃……!"

"약해지면 안 됩니다, 라이빈 교수님. 벌써부터 그런 반응이시면 어떻게 아카데미를 불태울 수 있겠습니까?"

라이빈의 눈동자가 흔들렸다. 방금 비제이의 입에서 나온 말은 아까보다 더 황당했다.

"뭐……라구요?"

"라이빈 교수님."

비제이는 여성스럽게 꾸몄던 목소리를 바꾸고 무릎에 팔꿈치를 괴고 두 손을 마주 잡았다.

비제이의 눈동자는 분명 파란색이었지만, 라이빈은 그 눈동자에서 끝을 알 수 없는 검은 어둠을 발견했다.

"아카데미 전체를 불태워야만 합니다."

"하?"

"어쩔 수 없는 일 아니겠습니까."

비제이가 소파에 등을 턱 기대고 한 손을 흔들었다.

"아카데미에서 직접 뽑은 관리인이 학생들을 홀려 영혼을 뺏었다. 그런 소문이 돌면 올타 국에도 교수들에게도 타격이 클 겁니다. 그리고 부모들이 보기에도 썩어 문드러진 시체보다는 불에 탄 시체가 낫지 않겠습니까? 그러니까 싹 다 태워서 증거를 없애자, 그 말이죠."

"비제이, 당신…… 미쳤군……."

"예이, 그런 말 많이 듣습니다."

비제이가 어깨를 으쓱했다.

"미쳤어. 아무리 영혼을 먹혔어도 어린애들이야. 그런 애들을 불태운다는 걸 무슨 쓰레기 태우듯이 말해? 당신, 감정이라는 게 있긴 한 건가?"

"그러게요."

퍽!

분노를 참지 못한 라이빈이 테이블 너머로 비제이의 턱에 주먹을 날렸다. 비제이의 얼굴이 옆으로 돌아갔다.

"아이고야, 마법사치고 굉장히 주먹이 세시네요."

비제이가 맞은 곳을 슬슬 문질렀다.

"마법사들은 주먹질을 좋아하나 봅니다. 얼마 전에 루빈한테도 맞았었는데……."

"비제이, 당신은……!"

똑똑.

"라이빈 교수님, 카밀레예요. 반장을 데리고 왔는데요……."

비제이가 일어나 라이빈의 옆으로 자리를 옮겼다. 비제이는 라이빈의 팔을 꽉 잡으며 단호하게 속삭였다.

"라이빈 교수님, 절 비난하는 건 나중으로 미루고 하나만 생각하세요. 몇 명을 더 살릴 수 있느냐. 아시겠습니까?"

라이빈은 비제이를 노려보고는 소파에 앉았다.

"들어오세요."

카밀레와 마법학부의 반장인 에이라가 들어왔다. 긴장한 듯 망토 자락을 잡아 뜯는 에이라의 모습에 라이빈은 안타까움을 느꼈다.

아무리 봐도 어디가 홀렸다는 건지 알 수가 없다. 평소 때와 똑같은데.

"카밀레 교수님도 거기 앉아주시겠습니까?"

비제이가 틀렸기만을 바라며 라이빈은 두 사람이 소파에 앉는 걸 지켜봤다.

비제이는 주머니 안에 있는 공명의 돌을 움켜쥐었다. 자신의 예상이 맞는다면 좀 더 쉽게 일을 처리할 수가 있다.

"저, 무슨 일로……?"

카밀레가 입을 열었다.

"카밀레 교수님, 반장."

교수실이 가볍게 진동했다.

라이빈이 진동을 느끼고 비제이를 쳐다봤다. 하지만 카밀레와 반장은 다른 이유로 비제이를 쳐다봤다. 비제이의 입에서 나오는 목소리가 남자 목소리였기 때문이다.

"비셀라 학생, 목소리가 왜……?"

"나 바스티안 폰 제르디가 명한다."

우우우우웅!

교수실의 내부가 강하게 진동하며 비제이의 음성이 낮게 깔렸다.

"내 음성이 들리는 자들이여, 내 앞에 무릎을 꿇어라!"

라이빈은 자신의 몸이 일으키는 반응을 이해할 수 없었다. 아무리 애를 써도 라이빈의 몸은 저절로 움직여 바닥에 무릎을 꿇었다. 그건 카밀레도 마찬가지였다.

둘은 비제이의 앞에 무릎을 꿇고 놀란 눈으로 비제이를 올려봤다.

"헤에, 역시 영혼이 없는 사람한테는 안 통하네."

비제이가 에이라를 보며 중얼거렸다. 에이라는 당황한 표정으로 앉아서, 갑자기 무릎을 꿇은 두 교수를 흘끔 쳐다봤다.

"저기, 비셀라 님. 이게 무슨……?"

"잘됐네. 이거면 영혼이 먹힌 사람만 남겨둘 수 있겠어."

"잘됐다구?"

라이빈이 엎드린 채로 울부짖었다. 비제이는 서늘한 눈으로 라이빈을 흘끗 보고는 카밀레에게 다가갔다.

“미안합니다, 교수님. 기절 좀 해주세요.”

펙!

비제이가 손날로 카밀레의 뒷목을 때렸다. 카밀레의 몸이 힘을 잃고 옆으로 쓰러졌다.

에이라가 놀라서 벌떡 일어나자 비제이가 그녀의 팔을 잡았다.

“너도 기절을 좀…….”

“영원의 불이여, 타올라라! 파이어!”

파하아아악!

비제이의 발밑에 커다란 불꽃이 생겼다. 일렁이는 주홍빛 불꽃이 비제이의 치맛자락을 태웠다.

“놀란 것처럼 꾸미고 캐스팅을 하고 있었던 건가?”

비제이가 중얼거렸다. 에이라는 차가운 미소를 지으며 비제이를 노려봤다.

“호호호호! 내가 이 정도 마법을 사용할 줄은 몰랐겠지? 비제이, 네놈에 대해서는 이미 교주님께 들었다. 우리 부르드교를 망하게 할 악당! 그대로 불나서 사라져버렷!”

조용히 에이라를 응시하던 비제이가 중얼거렸다.

“워터.”

파시시시식.

“이, 이게 무슨!”

에이라가 눈을 휘둥그레 떴다. 캐스팅도 없이 마법을 사용하다니.

"너, 너는……."

"미안해, 반장. 불에 타야 하는 건 너야."

"안 돼!"

라이빈이 외쳤다. 비제이를 막아야만 했다. 적어도 자신의 앞에서 학생이 불타는 것을 보고 싶진 않았다. 하지만 몸이 움직이지 않았다.

"파이어."

비제이는 냉정하게 시동어를 읊조렸고 에이라의 망토가 불에 휩싸였다. 방금 전 에이라가 사용한 파이어 마법과는 차원이 다른 불꽃. 세 배는 더 거대한 불덩어리가 에이라를 집어삼켰다.

"아아악! 무, 물의 축복이여, 비, 비를 내려라. 워터, 워터!"

에이라가 다급히 주문을 외웠지만, 완전한 캐스팅이 없는 상태였기에 마법이 시전되지 않았다. 화염이 에이라의 몸을 휘감았다. 영혼이 먹혔어도 육체의 고통은 있는지, 에이라는 몸을 뒤틀며 비명을 질러댔다.

"꺄아아아아악! 뜨, 뜨거워, 뜨거워! 교수님, 교수님! 살려주세요! 살려주세요, 교수님!"

비명이 라이빈의 귀를 찢었다.

"교수님! 아아아악! 교수님! 제발! 아아아악!"

"비제이! 당장 그 불을 꺼!"

"아아악! 너무…… 아아! 뜨거워! 사, 살려줘! 살려줘요, 교수님!"

"비제이!"

"참으세요. 죽은 자의 비명일 뿐입니다."

"이, 이익! 이 악마 같은 놈! 그 아이가 고통스러워하잖아!"

"그러게요."

비제이가 쓸쓸하게 대꾸하며 반장을 잡고 있던 손을 놨다. 반장의 몸을 불태우던 화염이 비제이의 손에도 화상을 입혔다. 비제이는 화상을 입어 붉게 짓무른 손을 내려다봤다.

"뜨겁겠네요."

"……."

"정말로……."

라이빈은 입을 다물었다.

비제이는 슬퍼 보였다.

눈물을 흘리는 것도 울상을 짓고 있는 것도 아닌데 슬퍼 보였다.

비제이는 파이어 마법을 쓰는 동시에 에이라에게서 손을 뗄 수 있었다. 하지만 그러지 않았다. 에이라가 느끼는 고통을, 아주 조금이나마 함께 느끼겠다는 듯 그녀의 손을 잡고 있었다.

'아니, 저 자식에게 동정심이라는 게 있었다면 저런 식으로 불태우지도 못해. 저건 그저 자기를 포장하려는 행동일 뿐이

야.'

"아아아……악……악……."

에이라의 비명 소리가 점점 작아졌다.

라이빈은 눈을 감아버렸다.

'이럴 순 없어……!'

눈앞에서 일어나는 일을 믿을 수가 없었다. 아무리 영혼을 먹혔어도 살아 있는 학생을 불에 태워 죽이다니. 그것도 11명의 현자 중 한 명인 자신의 앞에서.

비제이는 침통한 표정으로 라이빈을 응시했다.

팔에 생긴 화상 때문에 어깨의 스콜피언이 움직일 준비를 하고 있었다. 예상하고 있던 고통이니까 스콜피언을 억누를 수 있었다.

'하아…….'

비제이는 화상 입은 손으로 공명의 돌을 잡고 라이빈의 귀에 속삭였다.

"움직여도 좋습니다."

비제이의 허락이 떨어지자마자 라이빈은 벌떡 일어나 비제이의 멱살을 잡았다.

"비제이, 너……! 네가 무슨 짓을 했는지 알아?"

"네, 압니다. 아주 잘 알고 있습니다."

"저 애는…… 에이라는 가족이 있어! 왕실 마법사가 되고 싶다는 꿈도 있었고!"

"네, 그렇습니까?"

"그런데 어떻게 저렇게……!"

에이라는 이미 새까맣게 타버렸다. 파이어 마법이 만들어낸 불꽃도 사라지고 새까만 시체만 고통스러운 자세로 쓰러져 있었다. 온몸을 웅크리고 어떻게든 고통에서 벗어나려는 자세.

"그래도 약초학부 학생의 시체보다는 낮지 않습니까? 라이빈 교수님은 썩어 문드러진 시체를 보고 싶었던 겁니까?"

"너, 이놈!"

퍽!

"아이고야, 진짜 아프네요."

비제이가 턱을 문질렀다.

라이빈이 분노에 찬 눈으로 비제이를 노려봤지만 비제이는 아무래도 좋다는 듯 말했다.

"어쨌든 완전히 영혼을 먹힌 사람들에게는 공명의 돌이 통하지 않는다는 걸 알았습니다. 영혼이 남은 학생들을 아카데미 밖으로 끌어낼 겁니다. 그러면 교수님께서 아카데미를 태워주세요."

"그게 말이 된다고 생각해? 나는…… 나는 그런 짓 못 해!"

"그 방법밖에 없습니다. 파이어 레인 정도면 되겠군요. 반드시 아카데미 전체를 태워야 합니다. 증거가 남지 않도록. 불탄 후의 수습은 헤레이스 경이 해줄 겁니다."

"난…… 나는 그런 짓 못 해. 그건 인간이 할 짓이 아니야."

"누구나 생명을 죽이면서 살아가지 않습니까. 하물며 그들은 움직이기만 할 뿐 영혼이 없는 것들입니다."

"영혼의 문제가 아니야! 저건…… 저런 짓은……."

"라이빈 교수님, 제발 이성을 되찾으세요."

"이성? 이성을 차리는 게 저런 끔찍한 짓을 해야 하는 거라면 난 그냥 이성을 잃고 싶군. 네놈의 계획이 뭔진 모르겠지만, 난 안 해. 아니, 못 해. 왜 나한테 시키는 거지? 너도 마법을 사용할 수 있잖아."

"전 그렇게 고난이도의 마법은 쓸 수 없거든요."

"웃기는군."

라이빈이 비제이의 멱살을 놔주고 소파에 털썩 주저앉았다. 라이빈은 그새 20년은 늙은 것 같았다. 늘 당당하고 여유 있던 넓은 어깨가 축 늘어졌다. 가지런히 정돈하던 머리카락이 엉망이 되었는데도 라이빈은 그대로 내버려둔 채 침통하게 중얼거렸다.

"빌어먹을! 비제이, 당신은 사람의 목숨을 뭐라고 생각합니까?"

라이빈은 진정을 되찾았는지 원래의 말투로 돌아갔다.

"소중하게 생각합니다. 그러니까 한 명이라도 더 구하려는 거지요."

"당신, 정말 잔인한 사람이라는 거 아십니까?"

"뭐, 라이빈 교수님이 그렇다면 그런 거겠죠."

"이런 일이 생기다니…… 아아."

라이빈이 신음을 흘렸다.

"아아……! 난 정말……!"

비제이가 초라하게 변한 위대한 마법사 라이빈을 물끄러미 응시하고 있는데 레이가 돌아왔다.

레이는 새까맣게 탄 시체와 기절한 카밀레 교수를 쳐다봤다. 하지만 그것들에 대해서는 별말 하지 않고 비제이에게 물었다.

"빅터라는 아이는 확보했다. 또 내가 할 일은?"

"후딘을 도와줘."

"알겠다."

라이빈은 레이조차도 이해할 수가 없었다. 불탄 시체를 발견한다면, 무슨 일이 있었던 거냐고 물어는 봐야 하는 것 아닌가.

'저놈들은 미쳤어.'

비제이가 창틀에 걸터앉아 바깥의 분위기를 살피며 말했다.

"곧 루빈을 구할 겁니다. 한스는 아마 내가 뭔가를 알아냈다는 걸 눈치채고 어디로 내뺄 것 같습니다. 외출부를 가져올 때 표정이 심상치 않았거든요. 전 한스를 만나서 침잠의 장미를 빼앗고, 바로 학생들을 불러내겠습니다. 교수님께서는 아카데미 교문 앞에서 대기해주세요."

"나는……."

라이빈의 손끝이 가늘게 떨렸다.

비제이는 어깨가 움직일 정도로 크게 한숨을 쉬고 라이빈의 어깨에 손을 얹었다. 라이빈은 벌레라도 붙은 것처럼 진저리를 치며 비제이의 손을 떨쳐냈다.

"내 몸에 손대지 마세요."

"교수님, 부탁드립니다. 제가 침잠의 장미를 손에 넣고 힘을 거두게 되면, 저들은 전부 약초학부의 학생처럼 죽게 됩니다. 덴저 트레저 하나가 일으킨 사건이 이렇게 수백 명의 목숨을 빼앗았다는 걸 알게 되면, 트레저를 보는 사람들의 눈도 변하게 될 것입니다. 그러면 더 큰일이 벌어집니다."

라이빈은 눈을 감았다.

비제이의 말을 이해하지 못하는 건 아니었다. 하지만 아무리 그래도 이건 아니다. 이건 인간이 할 짓이 아니다.

"……알겠습니다……."

라이빈이 자포자기한 듯 대답했다.

"카밀레 교수님은 살릴 수 있으니까 꼭 챙겨서 나가주세요."

"……."

"그럼 부탁합니다."

비제이가 나갔다.

혼자 남겨진 라이빈은 에이라의 시체 옆으로 다가갔다.

안쓰러울 정도로 웅크리고 죽은 에이라.

라이빈은 떨리는 손으로 에이라의 시체를 쓰다듬었다. 시체에는 아직도 불꽃의 열기가 남아 있었다.

"루빈…… 넌 네가 같이 다니는 사람이 어떤 놈인지 알고는 있는 거냐?"

2장

죽어도 산 자

꿈틀.

시체가 움직였다.

라이빈은 깜짝 놀라 손을 뗐다.

'뭐지? 내가 잘못 본 건가?'

에이라가 살아 있을 리가 없었다. 비제이의 마법은 깔끔하고도 위력이 좋았다. 반장의 내장까지 바짝 태웠을 것이다.

꿈틀.

하지만 분명 에이라는 움직임을 보였다. 가슴 앞에서 뒤틀린 손이 미세하게 움직이고 있었다.

"에이라! 살아 있는 거……."

퍼석!

에이라가 벌떡 일어났다.

"에, 에이라?"

이미 에이라라고 부를 수도 없는, 검게 변한 시체가 움직였다. 얼굴에서 몸에서 재가 부서져 떨어졌지만, 그래도 분명 에이라는 움직였다.

에이라가 살아 있기를 바랐지만 이런 건 아니었다. 라이빈은 뭔가 잘못되고 있다는 것을 깨달았다.

"……수……님……."

잔뜩 갈라진 목소리 역시 에이라의 것과는 달랐다.

"왜…… 안 도와……주셔……어요?"

"에, 에이라."

"……미……워…… 교수……니…… 미……워……!"

"에이라!"

에이라가 라이빈을 향해 팔을 뻗었다. 금방이라도 부서질 것 같은 시체. 하지만 강한 힘이 라이빈의 목을 졸랐다.

라이빈은 망설였다.

마법으로 에이라의 몸을 부술 수 있다. 하지만 그러면 자신은 비제이와 똑같은 인간이 되는 것이다. 한 소녀를 매정하게 불태워 죽인 비제이와.

숨이 막혔다. 에이라의 손가락이 라이빈의 목을 파고들었다. 눈앞이 흐릿해진다.

“아, 교수님! 말씀 안 드린 게 있는데…….”

다시 교수실로 돌아온 비제이가 앞에 펼쳐진 광경을 보고는 머리를 긁적였다.

“이 얘기를 하러 온 거였는데…… 컷팅.”

에이라의 두 팔이 손목에서 잘라졌다. 손목까지만 남았는데도, 에이라의 손에선 힘이 빠지지 않았다. 오히려 더 세게 라이빈의 목을 졸랐다.

라이빈은 자기 목에 들러붙은 손을 잡았다. 타버린 시체가 부스러지는 느낌이 손바닥에 전해졌다.

끔찍했다.

오늘 아침에만 해도 함께 수업을 했던 여학생의 손이라는 걸 믿고 싶지 않았다.

“브레이킹.”

파사사삭.

라이빈의 입에서 시동어가 나오자마자, 검게 탄 손이 먼지처럼 부서졌다. 손목이 사라진 에이라의 몸뚱이는 여전히 라이빈을 공격하려고 했다. 비제이가 에이라의 등 뒤로 걸어왔다.

라이빈은 눈을 감았다.

비제이가 하려는 짓을 짐작할 수 있었기 때문이다.

비제이는 에이라의 머리통에 손을 얹고 작은 목소리로 시동어를 외웠다.

“브레이킹.”

푸솨아아아!

에이라의 몸이 산산이 부서졌다. 부서진 몸에서 나온 잿빛 재와 검은 재가 섞여 교수실 공기 중에 흩날렸다. 살을 태운 역겨운 냄새가 라이빈의 후각을 짓이겼다.

온몸이 에이라의 몸에서 나온 재로 뒤덮였다. 라이빈 교수의 금빛 머리카락도 하얀 얼굴도 깨끗했던 옷도……. 마치 살인을 보면서도 도와주지 않은 라이빈을 원망하듯 라이빈 위에 검게 내려앉았다.

"홀린 자들은 죽은 후에도 움직입니다. 일종의 언데드가 되는 거죠. 살육에 대한 욕망만 남은 언데드."

라이빈은 비제이의 말을 듣고 있지 않았다. 하지만 비제이는 상관하지 않고 말했다.

"그래서 말인데, 이따 아카데미를 불태운 후에 커다란 돌도 좀 떨어뜨려 주는 게 좋겠습니다. 타버린 시체들을 부숴야 하거든요. 그럼 부탁드리겠습니다."

탁.

다시 문이 닫혔다.

아직도 재가 날리는 교수실 안에, 라이빈은 망연자실하게 서 있었다.

*　　*　　*

후딘은 관리소 앞에 서서 문을 두드렸다.

똑똑.

관리인은 분명 두 명이었는데, 그중에 한 명인 한스는 아까 뭔가를 들고 교수 건물 쪽으로 달려가는 걸 봤다. 그럼 한 사람이 남아 있을 거라고 생각했는데 대답이 없었다.

"계십니까아?"

조용.

"안 계시면 들어갑니다?"

조용.

"그럼 실례하겠습니다."

달칵.

"제가 원래 빈집에 막 들어가는 놈은 아닌데, 오늘은 상황이 상황이라서 말입니다. 자아……."

관리소 안에는 아무도 없었다.

화려한 아카데미 건물에 비하면 초라하기 짝이 없는 관리소. 관리인들은 여기서 잠도 자고 먹을 것도 먹는 모양인지, 문 하나를 사이에 두고 두 개의 공간으로 나뉘어 있었다.

작은 책상 두 개가 벽에 붙어 있고 불편해 보이는 둥근 나무 의자가 책상 앞에 하나씩 놓여 있었나. 책상 위는 음식 남은 것과 서류 뭉치들로 지저분했다. 금방이라도 벌레가 튀어나올 것 같은 더러운 공간.

유독 깔끔한 걸 좋아하는 후딘은 오만상을 찌푸리며 안으로 들어갔다.

"이거, 이거, 청소해주고 싶은 방이군요. 평소 같으면 이 한 몸 다 바쳐 깨끗하게 만들어주겠지만…… 아까도 말했다시피 오늘은 상황이 상황이라서 말입니다."

아무도 듣는 사람이 없는데 후딘은 열심히 중얼거리며 꼼꼼하게 바닥을 살펴봤다.

"이렇게 지저분하게 해놓으니 찾기가 힘들지 않겠습니까. 어디 보자."

후딘은 책상 바로 아래의 바닥에서 작게 튀어나온 부분을 찾아냈다.

"여기로군요. 이런 식으로 감춘다고 이 후딘의 눈에 안 보일 것 같습니까? 참나, 날 너무 무시하시네."

후딘은 여유 있게 버튼을 눌렀다. 그러자 버튼 바로 옆의 나무 바닥에 균열이 생겼다. 손가락으로 균열 부분을 문지르다가 손톱을 균열 사이에 끼워 올리자 그곳이 손잡이로 변했다. 후딘은 손잡이를 잡고 힘차게 위로 당겼다.

끼익.

작은 쇳소리와 함께 비밀 문이 열렸다.

비밀 문은 지하로 통해 있었다. 긴 사다리가 있었는데 어두워서 안을 확인할 수가 없었다.

"루빈 녀석 시체라도 발견될까 봐 조마조마했는데…… 어쨌든 다행이군."

후딘은 담배가 그리웠지만 관뒀다. 안에서 희미하게나마 사람의 목소리가 들려왔기 때문이다.

"비제이, 네 문제가 뭔지 아냐?"

후딘은 사다리를 잡고 내려가기 시작했다. 다행히도 사다리는 그다지 길지 않았다. 어림잡아 3미터 정도 내려가니 바닥이었다.

탁.

"네놈의 문제는 말이지, 뭔가 알고 있으면서도 하나도 안 알려주는 거란 말이야. 나도 뭐가 뭔지는 알아야 대처를 하지 않겠냐? 응? 제길, 난 왜 자꾸 혼잣말을 하고 있는 거야? 정신병자도 아니고."

후딘은 투덜거리며 통로 벽에 손을 댔다. 차갑고 거친 돌은 축축해서 기분이 나빴다. 후딘은 인상을 찌푸리며 손을 뗐다.

통로가 길어서 그런지 아니면 어두워서 그런지 끝이 보이지 않았다. 질식할 것 같은 기분 나쁜 공기가 덮쳐왔다

후딘은 자기 허리에 매달고 있는 가죽 주머니를 확인했다.

"좋아! 완벽해! 가사, 후딘!"

*　　*　　*

머리가 욱신욱신 쑤셨다.

만져보려고 손을 올리는데 양손이 부자유스러웠다. 수갑이

었다. 수갑에는 전에 사디히 백작 감옥에 갇혔을 때와 같은 금(禁)마법 주문이 새겨져 있었다.

금마법 수갑은 마법으로 불법 행위를 저지른 마법사들을 잡아두는 데 사용되는 수갑이었다. 시중에는 팔리지 않고 수사국이나 정보국, 군대에서 주로 사용이 되었다.

'근데 이런 곳에도 널려 있는 걸 보면 몰래 만드는 사람이 있나 보지? 분명 후딘 같은 인간들일 거야.'

루빈은 묶인 손을 힘들게 움직여 뒤통수를 만져봤다. 물컹하게 굳은 피가 만져졌다. 뇌라도 튀어나온 게 아닌가 걱정이 됐다.

'이런 걱정을 할 수 있을 정도면 내 뇌는 무사할 거야.'

그렇게 자위하며 주위를 둘러봤다.

아카데미 안이 맞을까 싶을 정도로 넓은 공간. 아마 전쟁을 대비한 방공호로 만들어진 곳인 것 같다.

튼튼해 보이는 넓은 홀을 중심으로 사방에 문이 있었다. 가장 커다란 철문은 이곳으로 들어오는 문처럼 보였고, 나머지 문들의 정체는 알 수 없었다. 그냥 평범한 방문으로 보였다.

루빈은 엉덩이를 움직여 철창으로 다가갔다. 루빈이 갇힌 감옥은 처벌실이었다. 하지만 루빈은 그 감옥의 쓰임새를 알지 못했기 때문에 아카데미 안에 이런 감옥이 있는 걸 기이하게 여겼다.

감옥은 홀보다 좀 높은 곳에 있었고 감옥과 홀을 이어주는

계단이 보였다. 그 계단에 낯선 소년, 소녀들이 열 명쯤 앉아
서 노닥거리는 중이었다.

　아니, 그 중의 두 명은 낯이 익었다. 도서관에서 루빈에게
접근한 소녀와 루빈을 기절시킨 소년이다.

　루빈은 도끼눈을 했다가 곧 생각을 바꿨다.

　'어차피 여기선 마법을 사용할 수가 없어. 저놈들이 뭘 꾸미
는지를 알아야 돼.'

　루빈은 철창을 놓고 뒤로 물러났다. 저들에게 자신이 깨어
난 걸 들키지 않기 위해서. 하지만 루빈이 바닥에 눕기 전에
한 소녀가 뒤를 돌아봤다.

　"어머! 깨어났어."

　"정말?"

　"사제님, 깨어났어요."

　홀 구석에 있는 나무 침대 위에 누워 있던 남자가 천천히 몸
을 일으켰다. 관리인 중 한 명인 짐이었다.

　짐은 이상한 모양의 파란색 가운을 입고 있었다. 가슴 부분
에 검은 장미 문양이 새겨진 가운으로, 부르드교의 사제들만
이 입을 수 있는 가운이었다.

　"깨어났나?"

　짐이 비열한 웃음을 흘리며 루빈이 갇힌 철창으로 다가왔
다. 루빈은 뒤로 바짝 물러나며 짐을 노려봤다.

　"너…… 네가 범인이었던 거야? 네가 장미를 훔친 거야? 도

대체 봉인을 어떻게 푼 거야?"

"범인? 봉인? 뭘 풀어?"

짐은 전혀 모르겠다는 듯 고개를 갸웃했다. 루빈은 눈을 가늘게 떴다.

"뭐야? 너도 그냥 희생자야?"

"희생자? 부르드 님께 영혼을 바친 사제님께 희생자라니!"

호위병처럼 옆에 서 있던 남학생이 버럭 외쳤다.

"아무튼 이거 열어!"

"헌터 비제이랑 같이 다니는 놈이지? 그놈은 우리 부르드교를 망하게 할 놈이야. 부르드 님의 적은 곧 우리의 적. 적의 친구도 적. 우리가 네놈을 놔줄 것 같으냐?"

"놔주지 않으면? 여기서 썩어 죽게 만들게?"

"아니, 너도 우리 신자로 만들어야지."

짐이 소녀에게 눈짓했다. 소녀가 어딘가로 쪼르르 달려갔다. 감옥 맞은편에 있는 방이었다. 방문이 열린 건 잠깐이었는데, 그 순간 루빈은 문 너머에 있는 것을 목격했다.

파란색 찬란한 물결.

'저기서 침잠의 장미가 재배되고 있는 거구나!'

루빈의 눈동자가 흔들렸다.

소녀는 금방 돌아왔다. 파란 장미꽃 한 송이를 손에 들고. 루빈은 입술을 잘근 깨물었다.

저들은 루빈을 홀리게 만들려고 하고 있었다. 루빈은 주위를 둘러봤지만 감옥에는 무기로 삼을 만한 것이 전혀 없었다. 게다가 양손은 수갑으로 결박당한 상태. 몸을 보호할 수 있는 게 없었다.

'어쩌지?'

루빈은 비제이 일행이 아카데미 안에 있다는 것을 몰랐다.

'비제이는 여기가 본거지라는 걸 알고 있을까?'

몸을 떨며 놈들을 노려봤다. 꽃을 받아든 짐이 철창문을 열고 있었다.

절컹, 절컹.

육중한 쇳소리가 등을 더듬는 것 같다. 식은땀이 흘렀다.

'숨을 안 쉬면 돼.'

하지만 오랫동안 숨을 참을 수는 없다. 만약 저들이 계속 장미를 들이댄다면 결국은 장미에 홀릴 수밖에 없게 된다.

'어쩌지, 어쩌지?'

짐이 루빈의 코 아래로 장미를 내밀었다. 루빈은 숨을 멈췄다. 파란 장미는 색깔만으로도 사람을 홀리기에 충분한 마력을 지니고 있었다.

루빈은 눈을 감았다.

'제발…… 제발 누가 좀 도와줘!'

*　　　*　　　*

후딘은 조용히 철문을 노려봤다. 막다른 곳에 있는 철문.

"여기가 바로 내가 찾던 곳이군."

후딘은 조용히 다가가 철문을 구석구석 살폈다.

"마법이 걸려 있진 않은 것 같은데."

후딘은 철문에 귀를 가져갔다. 안에서 앳된 목소리들이 들려왔다. 곧 실기 시험을 치르는데 큰일이라는 둥, 방학 땐 바다에 놀러가기로 했다는 둥의 평범한 대화였다.

'홀린 게 맞긴 맞나?'

후딘은 고개를 갸웃하며 철문에서 떨어졌다.

"뭐, 어쨌든 내 몸을 지키려면 놈들을 물리치는 수밖에 없겠지. 근데 루빈은 뭐하는 거지? 루빈 목소리가 안 들리네. 여기에 있는 건 확실한가? 괜히 없으면 헛고생이잖아. 루빈도 없는데 위험을 무릅쓰긴 싫은데."

빙글.

후딘이 몸을 돌렸다.

"역시 그냥 가는 게 좋겠…… 우왓!"

후딘은 바로 뒤에 서 있는 남자의 모습에 놀라 비명을 지르고 말았다.

"너, 너, 너…… 언제 온 거냐, 헤레이스!"

"방금."

"소리 없이 나타나지 좀 말랬지?"

"맡긴 일도 하지 않고 조용히 도망칠 생각이었나, 후딘?"

"그럴 리가, 이 몸이 도망칠 리가 없잖아. 후후후."

"눈동자가 흔들리는군. 아주 심하게."

"흐, 흔들리다니. 내 눈은 아주 정직하고 올곧다."

"목소리도 떨리는군. 아주 심하게."

"모, 모, 목소리가 떨리다니. 난 원래 마, 말더듬이거든? 그, 그나저나 네놈은 여길 어떻게 알고 온 거냐? 내 뒤를 밟았냐?"

"뭘 볼 게 있다고 네 뒤를 밟아? 비제이가 널 도와주라고 하더군."

"훗, 후딘 님에게 붉은 기사 따위의 도움이 필요할 것 같으냐?"

"괜한 허세 부리지 말고 문이나 열어."

"루빈 목소리가 안 들려."

"기절이라도 한 모양이지. 네 힘으로는 문을 못 열겠냐? 좋아, 내가 도와주지."

레이가 검을 들려 하자 후딘이 얼른 레이의 팔을 잡았다.

"무슨 소리! 내가 저 정도 문도 못 열 것 같아?"

"네 힘으로는 무리일 것 같군."

"하하하하, 붉은 기사 헤레이스 경. 지금 날 도발하는 것이오? 좋소, 그 도전 받아들이지."

"도전이랄 것도 없는데, 이선."

"거기 가만히 서서 기다려! 이 후딘 님의 힘을 보여줄 테니까!"

당당하게 선포한 후딘은 저벅 저벅 구석으로 걸어가 쭈그리고 앉았다. 레이는 인상을 찌푸리고 후딘의 등을 쳐다봤다. 후딘은 허리에 매고 있던 주머니를 열어 뭔가를 잔뜩 꺼냈다.

부스럭, 부스럭.

레이도 관심이 생겨서 후딘의 옆으로 다가가 쭈그리고 앉았다.

"뭐냐?"

"보면 모르냐? 공, 펜, 잉크."

확실히 공 세 개와 깃털 펜 하나, 검은색 잉크이기는 했다.

"여기서 트레저라도 만들 셈이냐?"

"마법 물품이라고 해줘."

후딘은 씩 웃으며 깃털 펜을 들어 펜촉에 잉크를 찍었다.

"이 잉크는 말이지, 마석을 아주 곱게 갈아서 넣은 잉크야. 마나를 담을 수 있단 말이지."

후딘은 천으로 만든 평범한 공에 뭔가를 쓰기 시작했다. 오래전부터 쓰이지 않게 된 고대의 언어였다.

"언제 어디서라도 스크롤과 동일한 힘을 내는 마법 물건을 만들어내는 능력! 이것이 바로 후딘 님의 대단함 아니겠냐?"

"대단하군. 전쟁터에서 죽기 딱 좋겠어."

"닥쳐, 인마."

후딘이 공 세 개에 주문을 다 적기까지는 얼마 걸리지 않았다. 어려운 문법의 고대 언어를 이토록 빨리 쓸 수 있는 것도 후딘의 능력이라면 능력이었다.

"자, 붉은 기사 헤레이스 경. 눈 크게 뜨고 잘 봐둬라. 이 몸이 만든 마법 물품의 능력을."

위세 넘치게 말한 후딘이 공 하나를 바닥에 내려놨다. 데구르르르. 공이 굴러가다가 철문에 부딪쳐 멈췄다.

"……."

"……."

"……뭐하자는 거냐?"

"어허, 헤레이스 경. 너무 조급해하지 말게나. 자고로 오래 견디는 자에게 아름다운 여인이 굴러들어 온다는 말도 모르는가."

"그러시겠지."

"영 조급하면 노래라도 부르게."

"난 비제이가 아니다."

"꼭 비제이만 노래를 부르나? 정 그렇다면 내가 불러주지. 빠밤빠밤빠밤."

발을 까딱거리면서 유쾌한 곡조를 흥얼거리는 후딘.

척.

갑자기 검지로 철문을 가리키며 외쳤다.

"폭발!"

콰콰콰콰과아아앙!

놀라운 일이 벌어졌다. 후딘의 명령을 알아듣기라도 한 것처럼 공이 폭발을 일으킨 것이다. 거대한 폭발은 다른 곳엔 영향을 미치지 않았다. 목표물인 철문에만 난폭한 충격을 가했다.

"꺄악!"

"뭐, 뭐야?"

"문이 터졌어!"

"문이 갑자기 왜 터져? 뭐야? 야, 거기 누구냐!"

"안 보여! 뭐지? 누구야? 침입잔가?"

뿌연 먼지와 연기 때문에 안쪽의 상황이 보이지 않았지만, 다들 혼란스러워한다는 걸 알 수 있었다. 후딘이 레이를 돌아봤다.

"안에 몇 명이나 있냐?"

"목소리랑 움직임으로 봐서는 열 명쯤?"

"좋아. 열 명 정도는 한 번에 쓸어주지."

후딘이 두 번째 공을 던졌다. 공은 연기와 먼지 사이로 모습을 감췄다.

"물!"

쏴아아아아아아아!

하늘도 보이지 않는 지하에 비가 내리기 시작했다. 천장에서 쏟아지는 폭포수 같은 물 때문에 연기와 먼지가 가라앉으면서 내부의 모습이 드러났다.

"이, 이게 뭐야?"

“어떻게 비가 내릴 수 있는 거지?”

“마, 마법인가?”

열 명의 소년, 소녀들이 흠뻑 젖어 우왕좌왕하고 있었다.

갑작스러운 폭발과 폭우가 그들을 혼란스럽게 만들었다.

“저걸 보면 멀쩡해 보이지 않냐? 정말 영혼을 뺏겼을까?”

“글쎄, 그래서 살려주게?”

“아니, 일단 루빈을 구해야 하니 방해되는 것들은 다 없애야
지. 하지만 난 매너가 좋잖냐.”

“흠.”

“어이, 거기 루빈 있냐? 나 루빈 좀 데려가도 되겠냐?”

후딘이 학생들을 향해 외쳤다. 뒤늦게 후딘과 레이를 발견
한 학생들이 이를 드러냈다.

“저, 저놈이다!”

“저놈을 잡아!”

“이런, 이런.”

후딘이 고개를 저었다.

“방해를 할 생각인가 보군. 그렇다면…….”

학생들이 문을 향해 달려오는 순간 후딘이 마지막 남은 공
하나를 던졌다.

학생들은 갑자기 뭔가 날아오자 걸음을 멈췄다. 공은 학생
들의 발치에 툭 떨어졌다. 철벅거리는 물이 공을 감싸자마자
후딘이 외쳤다.

"전기!"

파지지지지지직!

공이 전기를 토해냈다. 전기는 물을 타고 퍼져 물에 젖은 학생들까지 감전시켰다. 학생들의 몸이 퍼런빛을 내는 전기에 튀겨졌다. 학생들은 비명조차 지르지 못하고 경련을 일으켰다.

"루빈이 있으면 어쩌려고?"

"아, 맞다."

후딘이 이제야 생각났다는 듯 눈을 크게 떴다.

"어, 어쩌지? 어쩌지? 루빈도 감전됐으면?"

"멍청이."

툭.

투둑.

학생들이 하나 둘씩 쓰러졌다. 바닥에 흥건히 괴인 물 위에는 여전히 전기가 파직 소리를 내며 떠돌아다녔다.

후딘은 서둘러 고무장화를 꺼냈다.

"야, 나 이거 하나밖에 없다."

후딘은 자기가 장화를 신었다.

"어이, 너보단 내가 더 쓸모 있잖아."

"하지만 난 감전되기 싫다구."

"그래서 난 장화도 없이 저 전기 사이를 걸어가라고?"

"그대는 영웅이잖아."

"……이럴 때만 영웅 찾지?"

쓰러진 학생들은 여전히 경련을 일으키고 있었다. 마치 살아 있는 것처럼.

하지만 죽었을 것이 분명하다. 공에 새긴 전기 마법은 적어도 3서클 이상의 마법이었다. 감전됐는데도 무사할 리 없었다.

"루빈!"

후딘은 철퍽거리는 물을 밟고 안으로 들어갔다. 고무장화 덕분에 전기가 통하지 않았다.

"루빈!"

내부를 둘러볼 새도 없이 루빈을 찾는데, 구석에서 작은 목소리가 들려왔다.

"후, 후딘. 나…… 여기 있어."

루빈은 철창 안에 갇혀 있었다.

"인마! 넌 갇히는 취미 있냐? 비제이랑 만날 때도 감옥에서 만났다더니."

"아씨! 그래서 나도 짜증나 죽겠나구. 내가 얼마나 곱게 자랐는데!"

루빈이 투덜거렸다. 후딘은 철창을 만지작거렸다. 철창문에는 커다란 자물쇠가 달려 있었다.

"열쇠 어디 있는지 아냐?"

루빈이 고개를 저었다.

“그럼 이거 못 열겠는데? 미안하다, 루빈. 먼저 가볼게.”

“야! 가긴 어딜 가! 이거 열고 가!”

루빈이 철창 사이로 손을 뻗어 돌아서는 후딘의 옷깃을 붙잡았다.

“열쇠가 없잖아, 열쇠가.”

“그렇다고 이렇게 쉽게 버리고 가? 네놈의 동료애는 고작 이 정도였어?”

“그렇다면 너의 동료애는? 열 수도 없는 철창 앞에 붙잡아두는 정도밖에 안 된다는 거냐? 응? 그런 거냐, 루빈?”

“무엇보다 곱게 자란 내 안위가 중요해! 어서 이거 열어! 네 목숨을 바쳐서라도 열어!”

어느새 이쪽으로 건너온 레이가 혀를 찼다.

“동료애라고는 없는 것들.”

“마침 잘 왔다, 레이. 어서 루빈을 풀어줘!”

“고무장화 하나라고 버리고 가더니.”

“인마, 아직도 삐쳐 있냐? 남자가 너무 소심하면 큰일 못해.”

“물러나 있어. 가까이 있으면 너까지 같이 베어버린다.”

레이가 검을 뽑으며 경고했다. 눈빛으로 봐서는 철창을 베는 김에 겸사겸사 후딘도 베어버리려는 것 같았다. 후딘은 얼른 레이에게서 떨어졌다.

레이는 천천히 호흡을 고르며 철창을 노려봤다. 철창이 움직이는 적이라도 된다는 듯이.

늘어뜨린 검에서 푸른빛이 흘러나왔지만, 아마도 그건 보는 사람의 착각일 것이다. 레이는 검기를 담지 않고도 강철을 베기 때문에 '영웅'의 칭호를 받았다.

스윽.

검이 둥근 궤적을 그리며 위로 올라갔다.

"루빈, 물러서."

루빈이 철창에서 떨어지자마자,

쌔액!

레이가 검을 내리그었다. 날카로운 날이 철창을 사선으로 베었다.

쌔액.

다시 한 번, 검이 아래쪽을 베었다. 철창은 여전히 루빈과 레이의 사이를 막고 있었다. 레이가 검을 집어넣으며 발로 철창을 툭 치자 균열조차 보이지 않던 철창이,

와장창!

시끄러운 소리와 함께 바닥으로 떨어졌다.

"루우우비이이인!"

방금 전까지만 해도 루빈을 버리고 가려던 후딘이 더없이 반가운 듯 두 팔을 벌리고 루빈에게 달려들었다.

"잠도 못 자고 걱정했어, 루빈! 네가 다치기라도 할까 봐. 너 다치면 내가……!"

푹!

루빈이 감춰두고 있었던 단검으로 후딘을 찔렀다. 상대는 루빈이었다. 루빈을 경계하지 않고 끌어안았던 후딘은, 복부에 느껴지는 강렬한 격통에 숨을 삼키며 루빈을 내려다봤다. 루빈은 표정 없이 뱃속에 담긴 단검을 빙글 돌렸다.

"크……으……!"

무슨 일이 벌어진지 모르고 주위를 둘러보던 레이가 후딘의 신음을 듣고 고개를 돌렸다.

"루…… 왜……?"

후딘이 고통을 참으며 물었지만 루빈은 대답하지 않았다. 상황을 깨달은 레이가 거칠게 루빈의 어깨를 잡아 후딘과 떼어냈다.

단검이 함께 뽑혀 나왔다.

"큭!"

후딘이 고통에 찬 신음을 내뱉으며 두 손으로 배를 감쌌다. 손가락 사이로 붉은 피가 흘러내렸다. 하지만 후딘의 눈에 떠오른 감정은 고통이 아닌 의문이었다.

"홀린 거냐?"

의문은 레이가 풀어주었다.

"이거 놔!"

루빈이 레이를 뿌리치려 했지만 레이는 단검을 든 손목을 꽉 잡고 놔주지 않았다.

“너, 홀렸군. 언제 홀렸지?”

“홀리긴 뭘 홀렸다는 거야! 이거 놔줘!”

루빈의 손에서는 피가 뚝뚝 흘러내렸다. 후딘의 피였다. 하지만 루빈은 자신이 무슨 짓을 했는지도 모르는 듯, 피 묻은 단검을 들고 짜증만 냈다.

“루빈! 정신 차려!”

레이가 루빈의 양쪽 어깨를 잡고 흔들었다. 루빈은 레이까지 찌르려고 들었지만 레이는 쉽게 당하지 않았다. 루빈이 레이를 노려봤다.

“레이, 가만히 있어.”

“가만히 있게 생겼냐? 왜 찌르려는 거지?”

“널 편하게 해주려는 거야, 레이. 널 위해서 이러는 거라구!”

“이게 정말 날 위하는 일이라고 생각하는 거냐?”

“당연하잖아.”

루빈은 정말 그렇게 믿고 있었다. 순수한 눈으로 레이를 쳐다보는 루빈에겐 거짓이 없었다.

“저것 봐, 후딘도 편안해하잖아.”

루빈이 후딘을 가리켰다. 후딘은 두 팔로 배를 감싼 채 통증을 참아내는 중이었다. 후딘의 발치는 피로 흥건했다. 이대로 놔둔다면 얼마 지나지 않아 죽게 되리라.

“루빈, 이 자식아. 내가 편해 보이냐?”

파리한 안색의 후딘이 쓴웃음을 지으며 중얼거렸다. 루빈이 황당해하며 물었다.

"정말 왜들 이래? 내가 무슨 나쁜 짓이라도 한 것처럼."

*　　　*　　　*

비제이의 예상대로였다. 비제이는 두꺼운 나뭇가지에 앉아 다리를 흔들며 한스를 지켜봤다. 한스는 서두르는 것처럼 보였다.

'내가 뭔가를 놓치고 있는 것 같아.'

모든 것이 생각한 대로 흘러갔지만 비제이는 찝찝함을 거둘 수가 없었다. 한스는 비제이가 자신을 지켜본다는 것을 까맣게 모르고 황급히 나무 아래를 달려갔다.

탁.

비제이는 한스의 앞으로 가볍게 뛰어내렸다. 갑작스럽게 나타난 비제이. 한스는 화들짝 놀라며 숨을 삼켰다. 비제이가 씩 웃었다.

"어머, 관리인이잖아. 이름이 한스였던가? 어딜 그렇게 서둘러 가는 거지?"

"비, 비셀라 님. 전 교수님의 명령 때문에……."

"교수님? 어떤 교수님?"

"그게……."

한스는 당혹감을 감추며 비제이를 살폈다. 얼마 전 헤레이

스의 동생이라는 신상 정보를 가지고 견학을 온 비셀라. 그녀
가 사실은 헌터 비제이라는 것을 한스는 이미 알고 있었다. 중
요한 건 비제이가 범인을 아느냐, 모르느냐였다.

'멍청한 애송이.'

한스는 틈을 노렸다.

마스터 헌터 비제이는 비열한 행각으로 유명했다. 남을 속
이는 재능 빼고는 특별히 알려진 능력이 없었다. 실제로 보니
진짜 비열해 보이는 데다가 근육도 없고 마법을 사용하는 것
처럼 보이지도 않았다.

한마디로 형편없다.

'이런 녀석쯤이야. 교주님은 이런 놈이 뭐가 무섭다고 걱정
하신 거지?'

한스는 속마음을 감추고 비굴한 웃음을 흘렸다. 비제이는
고개를 옆으로 기울이고 한스를 응시하고 있었다.

"그게…… 라이빈 교수님께서…… 마을에 있는 수사국에 학
생의 죽음을 알리라고……."

"라이빈 교수님이?"

"네, 네."

빙긋.

비제이가 웃으며 한스에게 한 걸음 다가갔다.

"정말?"

"그럼요. 제가 감히 비셀라 님께 거짓을 고하겠습니까요."

“이상해, 한스.”

비제이가 한스의 어깨를 움켜쥐었다. 그 힘이 예상 외로 강해서 한스는 자신도 모르게 몸을 움츠렸다. 비쩍 마른 애송이에게 이 정도의 힘이 있을 줄이야.

한스는 떨리는 마음을 감추며 입을 열었다.

“뭐, 뭐가요?”

“나 바스티안 폰 제르디가 명한다. 관리인 한스여, 두 팔을 번쩍 들어라.”

번쩍.

속삭이는 듯 작은 소리였지만 강한 힘을 가진 음성이 한스를 결박했다. 한스는 이유도 모른 채 두 손을 위로 들어올렸다.

‘뭐, 뭐야? 이게 뭐야?’

한스는 당황했다.

비제이는 단지 조용히 속삭였을 뿐이다. 그런데 그 명령대로 할 수밖에 없었다. 비제이의 목소리가 신의 속삭임이라도 되는 듯이.

한스의 눈이 공포로 흐려졌다.

‘이, 이놈에게 사기 치는 것 말고도 다른 능력이 있었단 말이야?’

한스는 혼란스러웠다. 뭐든 알고 있는 교주는 한스에게 비제이의 이러한 힘에 대해 알려주지 않았다.

‘설마…… 교주님도 모르고 계시는 건가?’

한스에게 '공명의 돌'의 힘이 통했지만, 비제이의 표정은 밝아지지 않았다.

"이상해, 한스. 난 말이지, 네놈이 부르드교의 자칭 교주라고 생각했거든. 그런데 넌 교주가 아니네?"

"교, 교주라니요…… 비셀라 님. 저…… 갑자기 왜 이렇게 팔을…… 이건 도대체……."

"하지만 넌 알고 있어. 누가 진짜 교주인지를, 그치?"

"아니, 지금…… 그게 무슨……."

"게다가 내 이름이 비셀라가 아니라는 것도 알잖아. 언제까지 거짓말할 생각이셔?"

"으잇!"

한스가 얼굴을 붉혔다. 비제이는 아무래도 좋다는 듯 검지로 턱을 문지르며 중얼거렸다.

"한스가 범인인 줄 알았는데 범인도 아니고 홀리지도 않았고. 설마……."

비제이가 눈을 부릅떴다. 그 순간, 라이빈 교수가 걸어놨던 프린팅 마법의 힘이 사라졌나. 호수처럼 파랗던 눈동자가 검게 물들어가는 것을 보며 한스는 몸을 떨었다.

침잠하게 잠긴 검붉은 눈동자는 마계의 생물을 떠오르게 했다. 중간계에서 사라진 지 몇백 년은 된 마물.

인간성이라고는 조금도 찾아볼 수 없는 검고 차가운 눈동자가 한스를 노려봤다.

"홀리지 않은 놈을 죽이고 싶친 않지만…… 내 친구들에게 무슨 일이 생겼다면 네놈에게 죽을 만큼 끔찍한 고통을 선물해줄 거야. 내 말, 무슨 뜻인지 알지?"

비제이의 말에 반박할 수가 없었다. 여기서 무슨 말이라도 하면, 비제이의 손톱이 길게 자라 자신의 몸뚱이를 조각낼 것 같았다. 그런 환상이 보였다.

"바스티안 폰 제르디가 명한다. 관리인 한스여, 아카데미 밖으로 나가 교문 앞에 무릎을 꿇고 있으라."

한스는 당장 교주에게 달려가 비제이의 기이한 힘에 대해 알리고 싶었다. 명령만 내리면 반드시 따라야만 하는 이상하고도 강한 힘. 그러나 마음과는 달리 육체는 교문을 향해 걸어갔다.

비제이는 한스의 뒷모습을 물끄러미 응시했다.

"제길, 나도 편협한 놈이었어."

당연히 한스일 줄 알았다. 하지만 관리인은 한스 한 사람이 아니었다.

'짐'이라는 이름의, 한스보다 나이가 어린 청년이 한 명 더 있었다. 그가 한스보다 어리기에 그가 한스보다 낮은 위치이기에 자연스럽게 그를 배제했다.

"짐, 그놈이 진짜 교주였군."

비제이는 너무 늦게 깨달았다. 짐은 이미 행동을 개시했다.

교수의 명령으로 기숙사 안에 갇혀 있던 학생들이 짐의 부름에 응답했다. 학생들은 자신의 앞을 가로막는 교수들을 짓밟고 때리며 앞으로 나아갔다.

교수들은 예상치 못한 일이 벌어지자 당황했다. 마법을 사용할 줄 아는 교수 두 명이 학생들의 앞을 막았다. 하지만 아카데미에서 마법을 사용할 수 있는 곳은 적었다. 기숙사에선 마법을 사용할 수 없었고 교수들은 힘도 쓰지 못한 채 당할 수밖에 없었다.

교수들이 곤죽이 되어가는데도 학생들의 표정은 변하지 않았다. 그들은 목적지로 향해야 한다는 생각밖에 없었다.

관리인실로 달려가던 비제이는 기숙사에서 쏟아져 나오는 학생들을 발견하고는 걸음을 멈췄다.

"빌어먹을!"

비제이는 공명의 돌을 손에 쥐고 다급히 외쳤다.

"바스티안 폰 제르디가 명한다! 내 음성을 들은 자들이여, 교문을 나가 무릎을 꿇어라. 조용히 앉아 나의 명을 기다려라."

낮은 음성이 드넓은 아카데미에 가득 찼다. 학생들이 반응을 보였다. 300여 명의 학생들 중에서 비제이의 명령을 듣는 학생은 200명도 되지 않았다.

학생들은 자신들의 몸에 무슨 일이 벌어지는지도 모르는 채 교문을 향해 걸음을 옮기기 시작했다. 나머지 학생들은 다른 학생들이 교문으로 가는 걸 개의치 않고 계속해서 걸어갔다.

그들은 앞만 보고 있었고, 눈빛은 공허했다.

비제이와 같은 방향으로 걸어가는 학생들 중에는 비제이가 아는 얼굴들도 많이 보였다. 오늘 아침까지만 해도 한 교실에서 수업을 하던 학생들.

비제이는 한숨을 쉬었지만 걸음을 늦추진 않았다. 잠깐의 동정심 때문에 더 많은 희생자를 낼 수는 없다.

관리인실로 뛰어들어간 비제이의 눈에 바닥의 비밀 문이 보였다. 문은 열려 있었다.

덥석.

그 안으로 들어가려는데 누군가 비제이의 팔을 붙잡았다. 학생 중 한 명이었다.

"비셀라를 죽여라."

학생은 공허한 눈으로 비제이를 보며 중얼거렸다.

"비셀라를 죽여라."

"비셀라를 죽여라."

뒤를 따라 들어온 학생들이 똑같은 말을 반복하며 비제이를 향해 걸어왔다. 이런 일이 생길 줄은 예상했다. 비제이는 씩 웃으며 말했다.

"어이구야, 사람 잘못 봤네."

비제이의 머리카락이 원래의 색깔로 돌아왔다. 금발의 화려한 머리카락은 끝에서부터 검붉은 색으로 서서히 물들었다. 하지만 그 모습에 놀라는 이는 아무도 없었다. 그들은 이미

'놀람'이라는 감정을 잃어버린 것이다.

"난 비셀라가 아니라 비제이야."

"죽여라, 죽여라."

"죽여버려."

임기응변은 통하지 않았다. 그들은 한 목소리로 죽이라는 말만을 반복하며 비제이를 둘러쌌다.

"역시 한 명으로는 무리였나?"

뒤에서 들려오는 소리에, 레이는 루빈에게서 시선을 돌렸다. 건너편 계단, 그곳에 젊은 청년이 한 명 서 있었다. 두 번째 관리인인 짐이었다.

짐은 파란 장미꽃을 들고 여유롭게 웃었다.

"한스가 아니라 네놈이었군."

레이가 짐을 노려봤다. 짐이 장미를 살살 흔들었다.

"대단하단 말이야, 비제이라는 놈. 아카데미 생활을 즐길 뿐인 줄 알았는데, 관리인이 교주라는 것까지 알아냈잖아. 물론 그 생각이 나한데까지 노달하진 못했지만."

짐이 천장을 슬쩍 올려다봤다. 천장에서 들리는 쿵, 쿵 낮은 울림. 레이 역시 그 울림에 신경을 쓰고 있던 참이었다.

"비제이는 저 위에서 죽을 거야."

움찔.

레이가 반응을 보이자 짐이 비릿하게 웃었다.

"아무리 마스터 헌터라도 수백 명을 상대로 이기진 못하겠지. 게다가 헌터라는 게 꼭 싸움을 잘하는 것도 아니고 말이야."

"글쎄."

이번엔 레이가 웃었다.

"과연 그럴까? 그놈이 수백 명을 상대하지도 못할 놈이라면, 난 그놈을 따라다니지도 않았을 거다."

"허세 부리긴."

짐이 싱긋 웃으며 바닥에 너부러진 학생들을 쳐다봤다. 학생들의 몸은 여전히 전기 때문에 경련 중이었다.

"내 소중한 사제들을 이렇게 만들다니. 당신까지 죽이라는 말은 없었지만 난 화가 났어. 이래 봬도 사제들을 아끼는 교주거든."

"죽이라는 말? 누군가의 사주였단 말인가?"

"이런, 곧 죽을 사람들을 앞에 둬서 그런가? 내가 말을 너무 많이 했네."

"곧 죽을 사람이 어디에 있지? 아아, 후딘을 말하는 건가?"

레이가 피식 웃었다.

"성급한 판단이군. 후딘은 배가 쑤셔진 정도로는 안 죽거든."

"이 자식아! 나 지금 죽어가는 거 안 보여?"

후딘이 볼멘소리를 했지만 레이는 무시했다.

“누가 사주한 거지?”

“어이, 나 죽어간다니까?”

쿨럭.

후딘이 피를 토해냈다.

레이는 마음이 다급했다. 비제이가 간절했다. 비제이가 이곳에 있었더라면 버둥거리는 루빈을 맡겨두고 저 망할 놈을 처리할 수 있을 텐데.

“후딘, 내 목소리 들리냐?”

“어……”

“아주 잠깐이면 된다. 루빈을 놔두고 저놈을 죽일 생각이다. 그동안 루빈을 상대할 수 있겠냐?”

후딘이 킬킬 웃었다.

“나 죽어간다구, 이 자식아.”

“그럼 부탁한다.”

레이가 루빈을 놔주려고 할 때였다. 짐은 레이를 상대할 준비를 하는 대신 부드러운 목소리로 루빈을 불렀다.

“루빈, 나의 아이야.”

버둥거리던 루빈이 벼락이라도 맞은 것처럼 몸을 부르르 떨었다. 짐은 싱긋 웃으며 덧붙였다.

“죽어라.”

“제길!”

레이는 루빈의 팔을 잡은 손에 다시 힘을 줄 수밖에 없었다.

루빈이 단검으로 자신의 목을 찌르려 했기 때문이다.

"루빈! 너 진짜 정신 안 차릴래?"

"왜 그래? 난 멀쩡해. 난 편해지고 싶을 뿐이야, 레이."

검 끝을 자신의 목으로 가져가면서도 루빈의 눈동자는 마냥 맑았다. 침잠의 장미는 사람을 홀리는 능력만을 가진 것이 아닌 듯, 루빈은 평소의 루빈이라고 생각할 수 없는 강한 힘을 발휘했다. 레이조차도 루빈의 움직임을 막는 것이 힘에 부쳤다.

"난 그저 나를 위해 뭐든지 해주는 군사들을 갖고 싶었을 뿐이야. 그런데 네놈들이 내 계획을 망쳐놨지."

짐이 차갑게 말했다.

"하지만 그거 알아? 여기 이 꽃만 있으면 난 어디서든 다시 시작할 수 있어."

레이가 움직일 수 없다고 생각해서인지 짐은 여유가 넘쳤다. 짐의 손에 들린 파란 꽃이 조롱하듯 흔들렸다. 짐은 입구를 향해 천천히 걸어갔다.

레이는 이를 악물었다. 적이 눈앞에 있는데 아무것도 할 수 없음이 화가 났다. 강하다고 생각했다. 하지만 강하지 않았다. 다 잡은 물고기를 놓치는 낚시꾼은 그저 바보일 뿐이다. 어떤 변명도 통하지 않는 바보.

'더 강했더라면……'

빛의 속도로 움직일 수 있을 만큼, 1초도 안 되는 순간에 놈을 죽일 수 있을 만큼 빠르고 강했더라면. 그랬더라면 이렇게 놈을 놓치진 않았을 것이다.

"또 날 찾더라도, 난 다른 곳에서 새로운 군사들을 만들면 그만이야."

짐은 후딘이 폭발시킨 문으로 나가며 말했다.

"너희들은 절대로 날 이길 수 없어. 이 꽃이 나를 지켜주는 한."

짐의 모습이 어둠 속으로 사라졌다. 후딘이 쿨럭거리며 힘겹게 말했다.

"다 잡은 걸…… 놓쳤군……."

레이는 말없이 루빈의 손목을 세게 움켜쥐었다.

"레이, 아파. 이거 놔! 난 빨리 죽어야 한다구!"

속도 모르고 투덜거리는 루빈을 레이는 참담한 눈으로 바라봤다.

짐은 킬킬 웃었다. 자꾸 웃음이 나왔다.

이 꽃을 준 남자는 말했다. 비제이는 놀랍도록 비열하고 강한 상대라고. 아마 수백의 군사를 만들어도 상대하기 힘들 거라고. 주의에 주이를 기울여야 할 거라고.

남자가 비제이를 너무 좋게 봐줬다.

이건 쉽다 못해 콧방귀가 나올 정도였다. 비제이는 바보처럼 그물에 걸려들어 제 발로 아카데미에 찾아왔고, 죽었다. 붉

은 기사 헤레이스 역시 동료 한 놈이 사로잡힌 것 때문에 검
한 번 제대로 휘두르지 못했다.

어쨌든 남자가 요구한 것을 들어줬으니 이 장미꽃은 온전히
자신의 손에 들어왔다. 그동안 모은 돈으로 말을 한 마리 구해
서 아무도 모르는 곳으로 가야겠다. 이왕이면 소문조차 퍼지
지 않는 조용한 산속 마을이 좋겠다. 그곳에서 힘을 키워 언젠
가 이 나라를 지배해야지. 모두가 발아래 무릎 꿇게 만들어야
지.

입구 쪽은 학생들로 그득했다. 짐이 불러들인 학생들이었
다.

그들에게 내린 명령은 두 가지였다.

내게 와서 나를 보호해라.

비제이를 죽여라.

비제이는 죽었을 것이다. 저 많은 학생들을 상대로 살아남
았을 리가 없다. 아마 저들은 보호하기 위해 걸어오고 있는 것
이리라.

학생들이 짐을 에워쌌다. 통로가 좁은데 자꾸만 내려오는
학생들 때문에 짐의 몸에 부딪치는 학생들이 많았다. 그들은
짐과 닿을 때마다 신을 만난 것처럼 신음을 흘렸다.

"나의 아이들아, 비제이는 죽였느냐?"

"갈가리 찢어 죽였어요. 교주님! 어서 제게 축복을 내려주세
요!"

“시체는 어디에 있지?”

“위에 있어요.”

“교주님! 제 손을 한 번만 잡아주세요!”

짐은 학생들을 헤치고 계단을 올라갔다. 관리인실 안도 학생들로 빽빽하기는 마찬가지였다. 짐은 학생들의 발치에 짓밟힌 검붉은 시체를 발견했다. 찢기고 밟혀 형편없이 뭉개진 시체. 너무 참혹해서 원래의 모습을 알아볼 수 없을 지경이었다.

하지만 입고 있는 옷도 머리카락 색깔도 비제이와 같았다.

“역시 애송이였군. 왜 그 남자는 이런 놈을 조심하라고 한 거지?”

짐은 허탈감까지 느끼며 학생들에게 명령했다.

“아래로 내려가서 홀 안에 있는 남자들을 죽여라. 헤레이스, 후딘, 루빈. 그들을 알아볼 수 없게 갈가리 찢어 죽여라, 나의 아이들아.”

3장

아티멘의 분노

  파직, 파직.

  죽은 줄만 알았던 감전된 학생들이 서서히 몸을 일으켰다. 레이는 눈을 부릅떴다. 루빈을 붙잡고 있기도 힘든 상황에서 또 다른 적들이 움직인다.

  얼 녕의 학생들의 몸에 푸른 전기가 튀었다. 전기에 휘감겨 움직이는 그들의 모습은 기괴하기까지 했다.

  레이가 취할 수 있는 방법은 두 가지.

  루빈이 죽든 말든 놔두고 놈들을 처리하는 것, 또 하나는 루빈을 끝까지 붙잡고 있다가 저들의 손에 죽는 것.

  '내가 죽으면 루빈이랑 후딘도 죽겠지. 루빈을 포기하고 후딘이라도 살려야 하는 걸까?

"포기하지 마……."

레이가 고민하고 있을 때 후딘이 레이의 생각이라도 읽은 듯 중얼거렸다.

"레이…… 루빈을…… 포기하면…… 안 돼……."

"그럼 다 같이 죽자고?"

"큭…… 그렇게 되나……? 붉은 기사 헤레이스도 별거 없군……."

"힘없는 루커의 손에 찔려서 죽어가는 놈한테는 듣고 싶지 않은 말인데?"

"그러게, 진짜 쪽팔린다. 어떻게 루빈한테 찔려?"

입구에서 들려오는 목소리에 레이가 고개를 번쩍 들었다. 갈색 머리, 평민들이나 입는 허름한 바지와 셔츠를 입은 소년이 보였다.

"넌…… 비제이?"

"그새 얼굴도 까먹었냐?"

비제이가 투덜거리며 학생들을 노려봤다.

"어떻게……?"

"바꿔치기를 좀 했지. 갈기갈기 찢긴 놈한텐 미안한 일이지만 어차피 영혼도 없는 놈이었고…… 영혼이 있다고 해도 내가 안 죽으려면 어쩔 수 없는 일이었고…… 덕분에 이걸 훔치긴 했지."

비제이가 손에 들고 있는 것을 보여주며 씩 웃었다. 파란 장미였다.

"침잠의 장미?"

"응, 본체. 훔치고 싶은 생각은 없었지만 몸이 부딪친 김에 슬쩍했다. 루빈, 정신 차려."

레이는 루빈이 움직임을 멈춘 걸 느꼈다. 루빈은 놀란 듯 눈을 크게 뜨고 레이와 비제이, 그리고 죽어가는 후딘을 번갈아 쳐다봤다. 그리고 하얗게 질린 얼굴로 털썩 주저앉았다.

"나…… 내가…… 내가 무슨……?"

"홀려서 그런 거잖아. 후딘도 널 원망하지 않고 죽었을 거야."

"아직…… 안 죽었다…… 이 자식아……."

후딘이 힘겹게 투덜거렸다.

루빈의 눈에서 눈물이 흘렀다. 뭔가에 사로잡힌 듯 후딘을 찌른 일, 자신이 죽으려고 했던 일이 모두 떠올랐다. 그리고 후딘이 했던 말도.

"레이, 루빈을 포기하면 안 돼."

자신을 찔렀는데도 어쩌면 죽을지도 모르는데도 후딘은 포기하지 말라고 말했다.

"미, 미안해, 후딘. 후딘…… 미안해."

루빈이 후딘의 옷자락을 움켜쥐었다.

"미안해, 후딘. 미안해…… 내가……."

파지지직!

그때 뒤에서 요란한 소리가 들려왔다. 막 달려드는 학생을, 레이가 검으로 막아낸 것이다. 학생을 감싸고 있는 전기는 검을 통해 레이의 손에 영향을 미쳤다. 레이는 따끔함을 느끼며 학생을 밀어냈다.

"아직 전기가 통하는데? 저놈들은 어떻게 못 하냐?"

"못 해. 영혼이 사라진 놈들은 본체 주인이 바뀌어도 영향을 끼칠 수가 없어. 더 끔찍한 사실을 말해줄까?"

비제이가 씩 웃는 걸 보며 레이는 불안함을 느꼈다.

"백 명이 넘는 놈들이 우릴 죽이려고 다가오고 있어. 어때, 레이. 다 상대할 수 있겠냐?"

"내가 상대하는 동안 네놈은 도망치려고?"

"응."

"야…… 나 진짜…… 죽을 것 같은데……?"

후딘이 정신을 잃었다. 피를 너무 많이 흘렸다. 비제이의 표정이 어두워졌다.

"레이, 이제 장난 그만치자."

"난 장난친 적 없다. 네놈이야말로 제발 장난 좀 그만 쳐라."

"응. 레이, 네가 후딘이랑 루빈을 옮겨."

"넌?"

"난 홀몸으로 가볍게 도망칠게."

"장난 그만 치랬지?"

파지직!

레이가 또 한 명을 밀어냈다. 비제이는 어둡게 가라앉은 눈으로 학생들을 노려보며 가죽 주머니 안에서 그물을 꺼냈다. 손바닥만 한 크기의 그물. 후딘이 만들어준 모조품이었다.

"이건 하나밖에 없어. 곧 통로에 있던 놈들이 몰려올 거야. 다들 이 안에 모였을 때 이걸 사용해야겠어. 후딘이 얼마나 버틸까?"

"글쎄, 30분쯤 지나면 진짜로 죽지 않을까?"

"그럼 여기서 나가자마자 바로 후딘을 아펠론 신전에 데리고 가. 나는……."

통로가 시끄러워졌다. 학생들이 하나 둘씩 통로 안으로 들어오고 있었다. 루빈이 비제이의 팔을 잡았다.

"비제이, 저 방에 재배된 꽃들이 있어."

"아, 그래?"

비제이는 달려드는 학생들을 가볍게 피해, 반대쪽에 있는 방으로 건너갔다. 어차피 학생들에게 내려진 명령은 헤레이스, 후딘, 루빈을 죽이라는 명령이었다. 집요히게 비제이를 공격하는 학생들은 없었다.

덕분에 레이만 바쁘게 됐다.

레이는 후딘과 루빈을 보호하면서 검을 휘둘렀다. 검에 베인 학생들은 목이, 또는 상체가 갈라져 떨어졌지만 다시 일어나 움직였다.

비제이는 방문을 열었다.

드넓은 방 안에서 강렬한 향기가 흘러나왔다. 사람을 홀리는 침잠의 장미 특유의 향기. 그것이 순식간에 비제이를 감쌌다. 물질감까지 지닌 채 비제이를 잠식시키려 했지만, 비제이를 홀릴 수는 없었다. 비제이가 침잠의 장미 본체의 주인이기에.

비제인은 침잠의 장미를 손에 쥐고 재배된 꽃을 노려봤다.

"주인된 자가 명하니 재배된 것들이여. 시들어라."

침잠의 장미들이 시드는 건 순식간이었다. 재배된 꽃들은 본체를 이길 수 없었다. 새까맣게 변색된 꽃잎들이 이리저리 휘날렸다. 아마 다른 장소에 있는 재배된 꽃들도 전부 시들었을 것이다.

비제이가 몸을 돌렸을 때 레이와 후딘, 루빈의 모습은 보이지 않았다. 너무 많은 학생들이 그들을 에워쌌기 때문이다. 아무리 붉은 기사 헤레이스라지만 두 사람을 지키면서 수백 명의 적을 상대하기는 힘들었다.

휙, 휙.

검이 공기를 가르는 소리가 들렸지만 학생들의 수는 조금도 적어지지 않았다.

"이 정도면 다 들어온 건가? 통로에 몇 명 남은 것들은 내가 처리하면 되겠지.”

비제이는 그물을 공중에서 흔들었다. 그물은 한 번 흔들 때마다 원래 크기의 배로 넓어졌다.

“레이, 내 목소리 들려?”

“말 시키지 마!”

“지금 그물을 던질 거야.”

비제이의 발치에 수십 미터는 되는 그물이 늘어져 있었다. 비제이는 그 끝을 잡고 말했다.

“루빈이랑 후딘을 데리고 공중으로 뛰어오를 수 있겠어? 천장에 닿을 만큼 높이. 그러면 그물을 던질게.”

“해보지.”

“응, 준비해. 하나, 둘, 지금!”

획!

커다란 그림자 하나가 학생들을 뚫고 위로 솟구쳤다. 그때를 놓치지 않고 비제이가 그물을 던졌다.

파앗!

그물은 던져지는 순간 더 넓게 퍼졌다. 학생들이 레이를 잡기 위해 위로 팔을 뻗었지만, 그 위를 그물이 덮었다.

목표물을 포획한 그물은 오므라들었다. 그 속도가 굉장히 빨랐기 때문에 레이가 착지할 때쯤에는 그물 안의 학생들은 하나의 거대한 덩어리가 되어 있었다.

레이는 학생들 덩어리 위에 착지한 후 다시 바닥으로 내려왔다. 그물 사이사이로 뻗어 나왔던 팔들이, 그물이 오므라듦과 동시에 잘려나가 바닥에 떨어졌다.

퍼덕, 퍼덕.

몸에서 떨어져 나온 후에도 움직이는 팔과 다리들. 혐오스런 광경이었다.

팔과 다리들이 꿈틀거리며 레이에게 접근했지만, 레이는 가볍게 몸을 날렸다. 뒤늦게 홀 안으로 들어온 학생들도 쉽게 피할 수 있었다.

레이는 서둘렀다. 후딘의 숨소리가 점점 작아졌다.

"레이, 그럼 부탁할게."

계단에 다다랐을 때 비제이가 말했다. 계단을 오르던 레이가 흘끗 돌아봤다.

"넌?"

"내 계획의 완성을 위해선 저 녀석들을 다시 풀어줘야 돼."

"그래? 알겠다."

레이는 무슨 생각이냐고 묻지도 않고 교문을 향해 달려갔다.

교문 앞은 수많은 학생들과 선생들이 영문도 모른 채 무릎을 꿇고 있었다.

그들은 갑작스럽게 등장한 레이의 모습에 놀란 듯했지만 몸을 움직이지는 못했다. 도와달라는 말도 하지 못한 채 다들 눈을 둥그렇게 떴다. 라이빈 교수조차 무릎을 꿇고 놀란 눈으로 레이를 쳐다봤다.

레이의 양쪽 어깨에 짐짝처럼 올라가 있는 두 남자. 그중 한 사람이 자신의 동생이라는 것을 깨닫기까지는 오랜 시간이 걸리지 않았다.

"혀, 형님!"

루빈이 꿈틀거렸고 레이는 루빈을 바닥으로 내려줬다. 루빈은 약간 비틀거리긴 했지만 곧 중심을 잡고 라이빈을 향해 달려갔다.

"루빈, 난 먼저 간다."

"응. 고마워, 레이."

루빈은 잠시 걸음을 멈추고 레이의 뒷모습을 쳐다봤다. 후딘의 피가 흘러내려 레이의 하늘색 제복이 붉게 물들어가는 게 보였다.

두근.

심장의 불쾌한 울림.

'네기 찔렀어.'

루빈의 얼굴이 일그러졌다.

'내가 후딘을…… 죽게 만든 거야…….'

후딘이 들었다면 '나 아직 안 죽었거든.' 이라고 투덜거릴 생각. 하지만 그렇게 피를 많이 흘린 후딘이 살아날 수 있을지.

눈이 시큰하다. 루빈은 손등으로 눈물을 쓱 닦아내고 라이빈 교수에게 다가갔다.

"형님…… 괜찮아? 형님은 안 홀렸지?"

루빈이 라이빈의 손을 잡았다. 라이빈은 대답할 수 없었다. 아까 비제이가 '조용히 기다리라.'고 명령을 했기 때문이다. 다른 사람들 역시 묻고 싶은 말이 많고, 하고 싶은 말도 많은 듯 보였지만 입을 열 수 있는 사람은 없었다.

그들은 마치 주인의 명령을 기다리는 충복처럼 그렇게 조용히 무릎을 꿇고 있었다.

처음엔 형이 대답을 하지 않아 이상하게 생각했던 루빈도 공명의 돌의 힘을 떠올리고는 안도의 한숨을 쉬었다. 라이빈이 홀린 건 아닌 것 같다.

"형님, 진짜 나쁜 놈은 짐이었어."

루빈은 아까 지하에서 있었던 일을 설명했다. 루빈이 후딘을 찔렀다는 말을 들었을 때 라이빈의 표정이 어두워졌다.

까칠하게 보이지만 사실은 마음이 여린 동생. 세상의 잔혹함과 인간의 차가움을 경험하기에는 너무도 어린 동생. 남들은 천재라고 추앙하는 동생이지만, 라이빈의 눈에 보이는 루빈은 겁에 질린 작은 소년일 뿐이었다.

그런 면에서 비제이는 위험하다. 루빈의 동료가 돼서 같이 다니기에, 비제이는 터무니없는 위험인물이다.

이번 일만 해도 비제이가 아니었다면 루빈이 이런 험한 꼴을 당하지는 않았을 것이다.

'떨어뜨려 놔야 돼.'

라이빈은 울먹거리는 동생을 보며 결심했다.

'비제이, 그놈이랑 루빈을 같이 다니게 놔둘 수는 없어.'

"라이빈 교수님, 루빈."

라이빈의 생각을 읽기라도 한 것처럼 바로 뒤에서 비제이의 음성이 들려왔다. 차분하게 가라앉은 음성에는 피곤함이 묻어 나왔다.

라이빈은 뒤를 돌아볼 수 없었지만 루빈은 벌떡 일어났다.

"비제이!"

"괜찮아?"

"응, 난 괜찮은데……."

비제이는 교문을 향해 걸어갔다. 무릎을 꿇고 앉은 사람들 이 일제히 비제이를 쳐다봤다. 그들의 눈에는 의문과 공포가 스며 있었다.

비제이는 말없이 교문을 닫았다.

끼이이익.

육중한 철문이 닫히는 것과 동시에 관리인실에서 학생들이 몰 려나왔다. 비제이가 그물로 묶어놨다가 풀어준 학생들이었다. 그 중에는 팔이나 목이 없는 것들도 있었다. 교문은 불투명했기 때문 에 무릎을 꿇은 사람들은 학생들의 끔찍한 모습을 볼 수 없었다. 단지 그 뒤에서 들려오는 소리만 들을 수 있을 뿐.

"죽여라."

“죽여라.”

“죽여라.”

멍한 눈으로 허공을 보며 ‘그것’들은 중얼거렸다. 마치 주문처럼 흘러나오는 목소리들이 기괴해서, 사람들은 끔찍한 광경을 보지 않았음에도 몸을 부르르 떨었다.

비제이는 주머니에 손을 넣어 공명의 돌을 쥐었다. 따뜻한 체온이 돌에 새겨지자 비제이가 입을 열었다.

“바스티안 폰 제르디가 명한다. 무릎 꿇은 이들아, 그대로 잠들어라.”

모두가 옆으로 픽 픽 쓰러져 잠이 든 후 비제이는 루빈을 흘끗 쳐다봤다. 그러다가 쓴웃음을 짓고는 라이빈 교수의 팔을 붙잡았다.

“교수님은 일어나세요.”

라이빈이 폭탄이라도 맞은 것처럼 번쩍 눈을 떴다. 라이빈은 몸을 움직일 수 있다는 것을 깨달았다.

“비제이⋯⋯.”

잔뜩 쉰 목소리. 라이빈의 얼굴은 초췌했지만 비제이는 신경 쓰지 않는다는 듯 말했다.

“아까 말씀드렸던 거 기억하고 계시죠? 깨끗하게 태워야 합니다.”

라이빈은 이글이글 타는 눈으로 비제이를 노려봤다. 이제 원래의 모습으로 돌아온 비제이는 담담한 눈으로 라이빈의 시선을 받아냈다.

"생각보다 생명력이 질기더군요. 목이 잘려도 잘 돌아다니는 걸 보면 육체가 산산조각이 나야 막을 수 있을 것 같습니다."

"어떻게……."

라이빈은 뭐라고 하는 대신 고개를 저었다. 무슨 말을 해도 비제이에게 통하지 않으리라.

루빈은 무슨 일인지 몰라, 눈만 동그랗게 뜨고 두 사람을 쳐다봤다. 둘의 분위기가 험악한 것이 마음에 걸리는 듯했지만 둘의 대화에 끼어들진 않았다.

쿵, 쿵, 쿵.

쾅, 쾅, 쾅.

안에 있는 '그것' 들이 교문을 거세게 두드렸다.

"죽여라."

"죽여라."

주문 같은 기괴한 음성과 문을 두드리는 시끄러운 소음. 라이빈은 한숨을 삼키며 교문으로 다가갔다.

"이 안을 봐야겠습니다."

"보지 않는 게 좋을 겁니다."

"아니, 내가 앞으로 죽일 학생들의 얼굴은 마지막으로 한 번쯤 봐둬야겠습니다."

"라이빈 교수님이 죽이는 게 아닙니다. 저들은 이미 죽은 자들입니다.”

라이빈은 비제이의 말에 대답하지 않고 교문을 열려 했다.

덥석.

비제이가 라이빈의 손목을 붙잡고 그 눈을 노려봤다. 검붉은 눈동자는 어둡고 차가웠다. 그 안에 똬리 틀고 있는 ‘죽음’이 비제이의 감정을 느낀 듯 꿈틀거리는 게 보였다.

으득.

라이빈은 이를 갈며 교문에서 손을 뗐다.

이상한 일이다. 아무리 생각해도 자신의 마법이 훨씬 뛰어나다. 자신은 11명의 현자 중 한 사람이니까. 비제이는 검술도 마법도 뛰어나지 않은 것이 분명했다.

그런데도 이상하게 비제이가 마음만 먹으면 자신을 파멸까지 몰고 갈 수 있을 것 같다는 예감이 강하게 들었다. 그것은 비단 비제이의 뒤에 그림자처럼 버티고 있는 붉은 기사 헤레이스 때문만은 아니었다.

헤레이스는 말 그대로 그림자.

라이빈이 보기에 비제이는 자신의 능력을 감추기 위해 헤레이스를 이용하는 것으로밖에 안 보였다.

“형님…… 비제이……”

루빈이 조심스레 둘을 불렀다.

라이빈은 천천히 눈을 감았다. 비제이는 저들이 ‘죽은 자’들이라고 했다. 라이빈 역시 저들이 이미 ‘인간’이 아니라는 것

쯤은 알고 있었다. 하지만 마음은 그렇지 않았다. 저들은 오늘 아침까지만 해도 라이빈의 학생들이었다.

그들을 죽여야 한다. 그들을 저대로 두면 더 큰일이 벌어진 다. 아마 교문 밖에 잠들어 있는 학생들과 교수들도 구할 수 없게 되겠지.

라이빈은 손을 올렸다.

파이어 레인은 라이빈도 정신을 집중해야 사용할 수 있는 고 위마법이었다.

고오오오오오.

라이빈의 주위에 마나가 소용돌이쳤다.

꿀꺽.

루빈은 침을 삼켰다. 자신의 형이 이렇게 큰 마법을 사용하 는 걸 실제로 보는 건 처음이기 때문이다.

시전 준비를 마친 라이빈이 눈을 떴을 때 비제이는 담장 위 에 서서 그 아래를 내려다보고 있었다. 딴생각을 하면 마나 가 흩어진다. 라이빈은 곧 비제이에게서 눈을 떼고 입을 벌 렸다.

"파이어 레인."

하늘에서 떨어지는 거대한 불덩어리들.

쿠콰아아아아아앙!

그것들이 아카데미 내부를 강타했다.

"으아아아!"

"꺄아아악!"

"사, 살려줘!"

비명 소리는 라이빈의 가슴을 강타했다.

영혼이 없어도 육체의 고통은 존재하는 모양이다. 뼈를 갉는 비명들이 쉴 새 없이 라이빈을 후려쳤다.

라이빈은 눈을 감았다.

"파이어 레인."

다시 한 번 불덩어리를 떨어뜨렸다. 그들의 육체가 재만 남을 만큼 타버리도록. 돌덩어리를 떨어뜨려 그들의 몸을 산산이 부수는 일은 생기지 않도록.

콰아아앙!

굉음과 비명의 아우성.

상황을 아는 루빈마저도 귀를 틀어막게 하는 고통의 소음.

그것을 타고 들려오는 쓸쓸한 피리 소리.

……피리 소리?

라이빈은 눈을 번쩍 떴다.

비제이가 보였다. 담장 위에서 피리를 부는 비제이가.

슬프고 쓸쓸한 음률은 날카로운 비명에 섞여 끊어질 듯 끊어질 듯 부드럽게 이어졌다.

그 음악이 불에 타는 것보다 아파서, 돌에 부서지는 것보다 고통스러워서, 그래서 라이빈은 눈물을 흘렸다.

그것은 죽어가는 백 명의 학생들만을 위한 단 하나의 진혼곡이었다.

　백 명의 학생들이 의문의 불덩어리에 맞아 숨진 이 사건은 후에 ‘아티멘의 분노’ 라는 이름으로 기억된다. 올타 왕립 아카데미 내부에서 조용히 시작된 ‘부르드교’가 불러일으킨, 진실과 죽음의 신인 아티멘의 분노.
　부르드교의 신자가 되어버린 100여 명의 죽음.
　그것은 라트 대륙인들의 아티멘에 대한 충성심과 믿음, 그리고 공포를 더욱 강하게 만들었다.

　그들이 보였다. 온몸이 불타 괴로워하며 비명을 지르는 그들. 새까맣게 타버리다 못해 재가 되어 흩어지는 그들이.
　연주가 끝났을 때 그들은 존재하지 않았다. 새까만 부스러기만이 아카데미 안을 흩날렸을 뿐이다.
　완전히 폐허가 된 아카데미를 응시하며 비제이는 천천히 피리를 아래로 내렸다. 힘없이 팔을 늘어뜨린 비제이는 재가 되어버린 그들을 향해 말했다.
　“땡큐……”
　비제이는 미소를 짓고 있었지만 그 미소는 한없이 슬퍼 눈물을 흘리는 것처럼 보였다.

　“비제이…….”

루빈의 눈동자가 흔들렸다.

비제이가 저런 표정을 짓는 건 처음 본다. '전갈의 죽음'에 걸렸다는 걸 말할 때도 저런 표정은 짓지 않았다. 비제이는 꼭 울 것 같았다.

"가자."

라이빈이 루빈의 어깨에 손을 얹었다.

"어딜 가?"

"곧 경비병들이 몰려올 거다."

"비제이는……?"

"알아서 피하겠지."

"하, 하지만……."

"가자, 루빈."

"안 돼! 난 비제이랑 있을 거야. 그리고 후딘도……."

"슬리핑."

라이빈이 준비할 새도 없이 슬립 마법을 걸었다. 루빈은 반박을 하려던 모습 그대로 잠이 들었다. 축 늘어지는 루빈을, 라이빈은 번쩍 안아 들었다.

새근, 새근.

고른 숨소리. 잠이 든 루빈은 아무리 봐도 '아기'였다. 역시 이런 끔찍한 모습을 보여서는 안 됐다.

라이빈은 서둘러 마을을 향해 걸음을 옮겼다. 비제이가 자신들이 떠나는 것을 보지 못했길 바랐지만, 비제이는 쓸쓸한 표정으로 두 사람의 뒷모습을 쳐다보고 있었다.

아티멘교의 신전은 죽음의 신의 신전답게 조용하고 무거운 분위기였다. 아티멘이 죽음의 신이기는 해도 아티멘의 사제는 성력을 바탕으로 하는 치유력을 사용할 수 있었다.

잿빛 아치형 입구를 지나 안으로 들어가자 헤레이스를 아는 사제가 그를 반겼다. 사제는 레이의 몸이 피에 젖은 것을 보면서도 놀라지 않았다.

"형제님, 어서 오십시오."

"동료가 다쳤소."

"어서 안으로."

사제는 아무것도 묻지 않고 레이를 안으로 안내했다. 정원 가장자리에 난 자갈길을 쭉 걸어, 첫 번째 있는 방으로 안내되었다. 네 명 정도가 들어갈 수 있는 작은 방에는 불편해 보이는 나무 침대 세 개가 나란히 놓여 있었다. 방은 비어 있었다.

레이는 후딘을 침대에 눕혔다. 정신을 잃은 후딘은 신음조차 흘리지 않았는데 숨은 쉬고 있는지 의심스러울 정도였다. 레이는 걱정스럽게 후딘의 목에 손을 댔다. 미약하게나마 맥박이 느껴졌다.

"상처가 심하군요. 피도 많이 흘리셨고."

사제가 후딘의 옷을 들춰 상처를 살펴보며 중얼거렸다.

"제 능력으로는 힘들겠습니다. 신관님을 모셔오겠습니다."

“부탁하오.”

사제가 나갔다.

레이는 잠시 망설이다가 후딘의 손을 잡았다. 시체처럼 차가운 체온이 전해졌다. 레이는 인상을 찌푸렸다.

“죽지 마라, 후딘. 너 죽으면 비제이가 사기치고 다닐 물품은 누가 만들어주겠냐.”

후딘의 빈정거림이 그리웠다.

인기척이 나서 돌아보니 신관이 들어와 있었다. 신관은 레이를 안내한 사제보다 훨씬 젊어 보였지만, 레이는 사실 그가 나이가 많다는 것을 알고 있었다.

레이는 후딘의 손을 놓고 신관을 향해 고개를 숙였다.

“아티멘 님의 진실을.”

“아티멘 님의 침묵을.”

아티멘교의 인사를 한 신관은 침대 옆으로 걸어왔다. 레이는 옆으로 비켜서서 신관을 주시했다.

끔찍한 상처를 보면서도 신관은 왜 이렇게 됐냐고 묻지도 않았다. 일단 상처를 치료하는 것이 우선이었기 때문이다.

“한 번에 치료할 수는 없을 것 같네.”

“네.”

“피를 멎게 하고 내장을 고치는 게 급하네. 그 후엔 약으로 치료를 해도 될 거네.”

“네.”

"나가서 좀 쉬겠는가?"

"옆에 있겠습니다."

신관은 옅은 미소를 짓고는 후딘의 상처 위에 두 손을 얹었다. 손에 피가 묻었지만 개의치 않았다.

신관이 치유력을 발휘하자 우윳빛 성력이 신관의 손 주위를 감쌌다. 우윳빛 성력은 신관의 손을 타고 후딘의 상처로 스며들어 갔다. 한참의 시간이 지나자 후딘의 상처가 조금씩 아무는 것이 보였다. 신관의 이마에서 주룩 땀이 흘러내렸다.

멀리서 시끄러운 소리가 들려왔다. 신관도 그것을 들었을게 분명하지만 치료를 멈추지는 않았다.

한 시간쯤 지나 치료가 끝났다. 후딘의 배는 아까보다 많이 아물었지만 여전히 붉은 흉터가 남아 있었다.

"내장도 대충은 아물었네. 여기 머물면서 계속 치유의 힘을 받으면 이틀이면 나을 걸세. 하지만 급히 떠나야 한다면 효과 좋은 약초를 알려주겠네."

신관이 후딘의 옷을 정돈해주며 말했다.

"감사합니다."

"시끄럽더군."

"네?"

"저쪽 방향이 시끄럽던데…… 뭐 아는 거라도 있는가?"

신관의 눈이 날카롭게 빛났다. 진실을 추구하는 자의 눈이었다.

레이는 잠시 말을 고른 후 생각해둔 것을 말했다.

"이단이 생겼습니다."

"이단?"

"네. 부르드교라고 하던데, 혹시 들어본 적 있으십니까?"

"허어…… 부르드교?"

신관은 전혀 못 들어본 듯, 당혹스런 표정이었다.

"우연히 알게 돼서 조사를 나왔는데, 올타 왕립 아카데미 내부에서 조용히 생긴 교단이었습니다. 제 동료도 그 교단의 실체를 파헤치다가 당했습니다."

"그런가. 이런…… 감히 아티멘 님께 반하는 자들이 생기다니. 어찌하여 또 이런 일이 생기는 겐가?"

"……그리 큰 교단은 아니니 걱정하실 것 없습니다."

아까의 시끄러운 소리는 라이빈이 마법을 쓰는 소리일 것이다.

이 정도의 언질을 해뒀으니 아카데미의 끔찍한 참사를 알게 된 신관은 아티멘의 신성함을 퍼뜨릴 기회를 놓치지 않으리라. 의심을 품고 있으면서도 그 모든 것을 이단들을 향한 아티멘의 분노라고 해석하겠지.

레이는 신관이 더 캐묻기 전에 후딘을 안아 들었다.

"가봐야 할 것 같습니다."

"역시 머물지 않고 가는군. 쉬었다가 가도 될 텐데."

레이를 응시하는 신관은 한없이 자애로웠다. 레이는 종교 전쟁 때에 앞장서서 싸운, 아티멘교의 진정한 영웅이었기 때문이다.

신관은 사제를 불러서 후딘에게 필요한 약초를 챙겨주게 했다. 신관과 사제의 배웅을 받으며 교단을 나섰을 때였다.

"아잉, 우리 자기, 너무 따뜻하다."

움찔.

레이는 자기 귀를 의심했다.

"역시 붉은 기사 헤레이스 님은 가슴이 따뜻해."

털썩.

그 목소리가 품에 안긴 후딘에게서 나는 목소리라는 걸 깨달은 레이. 의도한 건 아니지만 저절로 힘이 쫙 빠져 후딘을 바닥에 떨어뜨리고 말았다.

"으아악! 사, 상처가…… 상처가!"

바닥에 나동그라진 후딘이 배를 감싸고 뒹굴었지만, 레이는 한없이 쌀쌀맞은 눈으로 후딘을 노려봤다.

"그대로 죽어버려."

*　　*　　*

아카데미에 일어난 끔찍한 참사.

에니튼 시의 주민들은 아티멘 님께서 노하셨다며 벌벌 떨었다. 그 불덩이가 언제 성 안에 떨어질지 몰랐기 때문이다.

소문이 이토록 빨리 퍼진 데는 이유가 있었다.

레이와 후딘이 기다리고 있을 여관으로 향하던 비제이가 여기저기서 은근슬쩍 소문을 내고 다녔기 때문이다. 비제이가 여관에 당도했을 무렵에는, 에니튼 시의 모든 사람들이 건물 안에 틀어박혀 아티멘에게 용서의 기도를 구하게 되었다.

"후딘, 괜찮아?"

"레이가 날 집어던졌어. 괜찮을 것 같냐? 악마가 따로 없다, 진짜."

"레이, 너무해. 어떻게 환자를 집어던져?"

"흥."

레이의 표정에는 일말의 후회도 없었다. 아니, 더 세게 집어던질 걸 그랬다는 후회가 남아 있었다.

"루빈은?"

후딘이 끙끙 앓는 소리를 내면서도 물었다.

"라이빈 교수가 데려갔어."

"라이빈 교수가? 왜? 루빈, 기절이라도 했냐?"

"아니."

"그럼?"

"뭐……."

비제이가 어깨를 으쓱했다.

"동생 사랑이 지극해서 그런달까, 뭐랄까."

"안 데리러 갈 거냐?"

“레이, 트릭씨드에 당한 애는 어떻게 됐어?”

비제이는 말을 돌렸다. 후딘은 비제이를 잠깐 응시하다가 베개에 얼굴을 파묻었다.

“이 여관 2층에 넣어뒀다. 지크라는 녀석도 같이.”

“가보자. 후딘, 약 먹고 누워 있어.”

“그럴 생각이다. 내가 이 몸으로 춤이라도 추겠냐?”

여관 복도로 나가자 여기저기서 기도하는 소리가 들려왔다. 웅얼웅얼 들려오는 소리는 마치 저주의 주문을 외우는 소리 같았다. 아티멘의 분노 때문에 두려움에 질려 밖으로 나오질 않는 것이, 비제이로서는 다행인 일이었다. 사람들과 부딪치지 않는 게 일하기에 편하다.

2층으로 내려와 빅터가 있는 방문을 두드렸다.

“누구……?”

겁에 질린 목소리가 들려왔다.

“헤레이스다.”

벌컥.

다급히 문을 연 지크의 눈에 먼저 보인 것은 비제이였다. 비제이에게 의심스런 눈빛을 보내던 지크가 고개를 갸웃했다. 어디서 봤던 얼굴이기 때문이다.

“빅터는 어때?”

비제이가 싱긋 웃으며 빅터의 안부를 물었다.

“누구시죠?”

“붉은 기사 헤레이스 경의 일행.”

“아…….”

지크는 수사국의 직원이라도 되는 모양이라고 생각하며 비제이가 들어올 수 있도록 옆으로 비켜섰다. 한편에는 불안감도 있었다. 빅터를 잡아가 마법 실험 재료로 쓰면 어쩌나 싶은.

하지만 비제이는 그런 짓을 하기엔 어려 보였고, 어딘지 모르게 장난기가 엿보여서 약간은 마음이 놓였다. 비제이는 아무리 많게 봐도 자신보다 한두 살 정도 더 먹은 것처럼 보였다.

‘저렇게 어린데 수사국 직원이란 말이야?’

빅터의 머리 위에 자란 나무는 이제 또렷한 사람의 모양을 그려냈다. 누가 봐도 ‘여자’라는 것을 알아볼 수 있는 기괴한 뒤틀림. 레이조차 그것을 보며 인상을 찌푸렸다.

하지만 비제이는 두려운 기색 없이 빅터의 앞에 쭈그리고 앉았다.

“어이, 빅터. 내 목소리 들려? 너 아직 거기 있냐?”

친한 친구라도 부르는 모양새였다.

‘빅터의 고향 친구인가?’

지크는 비제이의 정체를 가늠할 수가 없었다.

“어이, 어이. 내 목소리 안 들려?”

찰싹, 찰싹.

“뭐, 뭐하는 거예요?”

비제이가 갑자기 빅터의 뺨을 때렸다. 지크가 당황해서 말리려 했지만 레이가 지크의 어깨를 눌렀다.

“그냥 둬.”

“하지만……!”

찰싹, 찰싹!

때리는 강도가 점점 세졌다. 저대로 뒀다가는 빅터의 얼굴이 남아나질 않겠다.

비제이가 아무리 세게 때려도 빅터는 반응을 보이지 않았다.

“흠…….”

한참 빅터의 얼굴을 때리던 비제이가 고개를 저으며 일어났다. 지크가 비제이를 노려봤다.

“도대체 무슨 짓을 한 겁니까?”

“재밌는 짓.”

“뭐라구요?”

“장난 그만 쳐.”

레이가 비제이를 나무랐다. 비제이는 지크를 향해 씩 웃었다. 어째서인지 비제이의 웃는 얼굴을 보자 불안감이 사라졌다.

“사람이 배가 고프면 짜증이 나는 법이야. 지크, 너 배고프냐?”

“네?”

“아니면 노래라도 한 곡⋯⋯.”

“그만두랬다, 비제이.”

“레이, 너도 배고프구나?”

“너⋯⋯!”

“알겠어, 알겠어. 장난 안 칠게.”

레이가 노려보자 비제이가 양손을 슬쩍 들며 항복을 표시했다. 그래도 레이는 긴장을 늦추지 않았다. 비제이는 언제 무슨 짓을 할지 모르는 놈이기 때문이다.

레이의 경직된 모습은 지크를 놀라게 만들었다. 비제이라 불린 저 소년은 과연 어떤 인물이기에 붉은 기사 헤레이스를 긴장하게 만든단 말인가.

‘비제이⋯⋯ 어디선가 들어본 이름인데⋯⋯.’

“지크, 네 친구는 정신을 좀 차려야 돼. 좀 더 과격하게 때려도 되지?”

“⋯⋯네?”

비제이라는 이름을 어디서 들어봤는지 기억을 더듬느라 지크는 한참 늦게 대답했다. 지크가 대답을 했을 무렵엔 비제이가 이미 빅터를 구타하는 중이었다.

퍽, 퍽, 퍽.

“그, 그만둬요!”

“그냥 둬.”

“하, 하지만 헤레이스 님. 저러다가 빅터가 죽기라도 하면…….”

“그냥 저렇게 두면 살 것 같나?”

“네?”

“그냥 둬도 죽어. 그럼 뭐라도 해보는 게 낫겠지.”

“그렇긴 해도…….”

서늘할 정도로 냉혹한 말에, 지크는 더 이상 반박하지 못하고 입을 다물었다.

‘정신을 차려야 할 텐데.’

비제이는 주먹에 힘을 담았다.

트릭씨드의 뿌리는 인간의 뇌를 파고든다. 뇌가 전부 점령당했다면 구할 방도가 없다. 뇌가 점령당한 희생자는 주위를 감별할 능력이 사라진다. 자신의 육체에 가해지는 고통도 느끼지 못한다.

하지만 약간이라도 반응을 보인다면, 그래서 계속 정신을 잡아두고 뇌를 활동하게 만든다면, 약간이나마 트릭씨드에서 구해낼 가능성이 커진다.

퍽!

“……크…….”

빅터의 입에서 낮은 신음이 흘러나왔다. 아주 작은 소리였지만, 비제이는 놓치지 않았다.

“빅터!”

“…….”

찰싹, 찰싹.

“……아…….”

“내 목소리 들려?”

“아아…….”

빅터가 바보처럼 입을 벌리고 비제이를 쳐다봤다. 눈빛은 공허했지만 반응을 보인 것만은 확실하다.

“비, 빅터? 빅터! 너, 너 괜찮은 거야?”

지크가 빅터의 옆으로 뛰어갔다.

지크는 아카데미를 나온 후 빅터가 반응을 보이는 걸 처음 봤다. 지크는 눈물을 글썽이며 빅터의 입가에 흐른 침을 닦아주었다.

“빅터! 빅터, 대답해봐!”

“대답 못 할 거야. 몇 대 더 때려야 돼. 몸이 아프면 반응을 보이게 되어 있거든. 지금 빅터 눈동자 보여?”

“네? 아, 네…….”

“흐릿하지? 어딜 보는지 모르겠지?”

“네.”

“뺨을 계속 때리거나 꼬집어서 몸에 고통을 줘. 그러다 보면 어느 순간 동공의 초점이 너한테 맞춰질 거야. 그때부터 계속 말을 걸고 동공이 풀리지 않게 노력해. 무슨 말인지 알지?”

“네, 그런데…… 이 나무를 없앨 방법은 있는 거예요?”

“이대로 쭉 뽑으면 뽑혀 나오긴 해.”

“그, 그럼……”

“대신 빅터의 뇌도 같이 뽑혀 나올 거야. 나무뿌리가 뇌를 완전히 감싸고 있거든.”

지크는 오만상을 찌푸렸다. 뿌리와 함께 통째로 뽑혀 나오는 뇌를 보고 싶진 않았다. 끔찍한 소리를 경쾌한 목소리로 말한 비제이는 다리를 펴며 말했다.

“솔직히 말하면, 구하는 방법은 나도 잘 몰라.”

“네?”

빅터의 뺨을 때리던 지크가 비제이를 쳐다봤다. 유일한 구원줄이었다. 이상하게 붉은 기사 헤레이스보다 비제이에게 더 믿음이 갔다. 그런데 비제이는 그러한 지크의 믿음을 한순간에 뭉개버렸다.

지크의 표정이 일그러지는 걸 보며 비제이가 싱긋 웃었다.

“자라는 중인 트릭씨드를 본 건 처음이거든. 다 자란 건 몇 번 봤는데 뽑아본 적은 없어서.”

“그럼 어쩌려는 겁니까?”

지크는 레이를 의식해서 분노를 꾹 억눌렀다.

“하지만 혹시 몰라. 내 동료 중에 되게 똑똑한 녀석이 하나 있거든. 내가 그 녀석한테 방법을 알아서 올 때까지 빅터의 정신을 잘 잡아둬.”

비제이는 대답을 듣지 않고 밖으로 나왔다. 레이가 그 뒤를 따랐다.

"한스가 사라졌어."

"그래."

"어디로 갔을까? 트레저의 힘을 스스로 이기지는 못했을 거야. 누군가 데려간 게 분명해. 짐이 데려갔나?"

"글쎄."

"아니, 데려갔을 리가 없어. 한스가 그렇게 도움이 되는 인물도 아니고 말이야. 꼬치 먹을래?"

"응."

꼬치를 팔던 장사꾼까지 '아티멘의 분노'를 잠재우기 위해 기도를 하러 가버린 터라, 장작 위의 꼬치가 새까맣게 타들어 가고 있었다. 비제이는 그나마 멀쩡한 꼬치 두 개를 집어 들고 동전 하나를 바닥에 던졌다.

레이와 비제이는 꼬치를 하나씩 물고 상점가 거리를 쭉 걸었다. 아직 늦은 밤도 아닌데 조용한 거리에 쓸쓸한 바람이 불어 왔다.

"네 생각은 어때? 누가 데려갔을 것 같아?"

"글쎄."

"덴저 트레저를 뿌린 놈이겠지?"

"……."

"누구야?"

비제이가 걸음을 멈췄다.

"넌 알고 있지?"

"내가 알 리 없지."

"짐작 가는 사람이라도 있잖아. 맞지?"

"……."

레이는 입을 다물었다.

"확실한 게 아니라서 안 알려주는 거냐?"

"……."

"나도 짐작 가는 사람이 있다. 네가 짐작하는 녀석이랑 내가 짐작하는 녀석이 달랐으면 좋겠네."

비제이가 레이의 어깨를 툭툭 쳤다.

"나 혼자 갈게."

"괜찮겠냐?"

"응, 넌 짐을 처리해줘. 아직 성 안에 있을 거야."

"알았다."

비제이는 라이빈의 저택을 향해 빠르게 설음을 옮겼다.

'루빈이 같이 가줄까?'

루빈과는 오랜 시간을 함께 하지 못했다. 그런 와중에 루빈은 비제이가 걸린 '전갈의 죽음'을 알게 됐다. 전갈의 죽음은 무서운 저주다. 언제 마물로 변해 동료들을 해칠지 모른다.

두려움을 느껴 떠난다 해도 루빈을 원망할 생각은 없었다.

'좀 서운하긴 하겠지만.'

서운함도 버려야 한다.

마물이 되어버릴 자신의 곁에 후딘과 레이라는 든든한 친구 두 명이 있는 것만도 벅찰 정도의 행운이다.

'난 욕심이 많은가 봐.'

라이빈의 드넓은 저택 앞에 선 비제이는 씁쓸한 미소를 흘렸다.

4장
대면

"날 놔줘, 형님."

루빈은 라이빈을 노려봤다.

"내가 죄인이야? 왜 수갑을 채워둔 거야? 얼른 놔줘!"

"내일 새벽에 가이안 왕국으로 떠날 거다. 넌 아버지 곁으로 돌아가라."

"그게 무슨 말이야? 내가 왜 가이안 왕국으로 가? 난 비제이랑 갈 거야!"

"멍청한 소리!"

라이빈이 험악하게 외쳤다. 루빈은 찔끔했지만 눈을 피하진 않았다.

“왜 그래, 형님? 비제이랑 가는 게 뭐가 나쁜데? 비제이는…… 비제이는 나한테 더 많은 트레저를 보여줄 거라구!”

“비제이보다 더 대단한 트레저 헌터도 많아!”

“아냐, 비제이보다 대단한 헌터는 없어!”

“루빈, 넌 세상도 사람도 잘 몰라. 그런 걸 알기엔 너무 어린 나이지. 내가 하나뿐인 동생에게 나쁜 짓을 할 것 같아서 그러는 거냐?”

“난 어리지만 내가 따라가야 할 사람이 누군지는 알아. 그리고 아버지도 비제이를 따라가면 세상을 볼 수 있을 거랬어. 난 그걸 보고 싶어. 비제이의 세상이 어떤 건지, 트레저를 통해 보는 세상이 어떤 건지…….”

“루빈.”

“형님도 비제이의 힘을 봤잖아. 형님을 무릎 꿇게 했던 그 힘. 그 트레저는 원래 그만한 힘을 내지 못해. 비제이니까 그만한 힘을 낸 거야. 비제이는 아마 공명의 돌로 대륙 전체를 무릎 꿇게 할 수도 있을 거야. 분명 그럴 거야.”

“네가 단단히 홀렸구나.”

라이빈이 쓴웃음을 지었다.

“그래! 그리고 비제이 옆엔 내가 있어야 돼!”

루빈은 비제이의 어깨에 있던 붉은 전갈을 떠올렸다. 루빈이 알아낸 게 확실하다면…….

‘어쩌면 그 저주를 풀 수 있을지도 몰라.’

루빈은 마음이 급했다. 얼른 비제이를 만나서 이 기쁜 소식을 전하고 싶었다. 후딘이 무사한지도 알고 싶었고 또 다른 트레저도 보고 싶었다.

하지만 라이빈은 루빈의 말에 대꾸도 하지 않았다. 느긋하게 홍차를 마시는 라이빈을 한 대 때려주고 싶었지만 그럴 수도 없었다. 라이빈은 금마법 수갑으로 루빈의 손목을 묶어둔 것도 모자라 밧줄로 다리와 침대를 동여매 놨다.

"아, 진짜 짜증나 죽겠네! 이거 풀어달라구! 형님은 도대체 왜 그러는 거야? 왜 비제이가 못마땅한 건데? 비제이 아니었으면 형님도 나도 죽었어! 비제이가 아카데미에 일어난 일도 해결해줬잖아! 고마워하지는 못할망정, 왜 싫어해? 응? 형님 그런 인간이었어?"

"비제이가 나한테 무슨 짓을 하라고 했는지 몰라서 물어?"

"걔들은 이미 영혼이 없었어!"

"영혼이 없어도 살아 있었어."

"영혼이 없는데 뭐가 살아 있어? 팔, 다리 다 잘려도 움직이는 놈들이었어. 난 전기에 감전돼서 새까맣게 탔는데도 움직이는 것들을 봤어. 그게 인간이라고? 그게 살아 있는 거라고?"

"……"

"형님만 괴로운 게 아니었잖아! 비제이도 괴로워했어. 비제이도……"

피리를 불던 비제이의 모습이 떠올랐다. 바람결에 흩날리는 검붉은 머리카락, 그 아래 감춰진 슬픈 눈동자.

"오히려 난 하나도 안 괴로웠어. 난 그냥 시끄럽기만 했어. 그럼 나도 나쁜 놈이야? 나도 죽일 놈이야? 응?"

철썩.

"그런 식으로 말하지 마, 루빈."

루빈의 여린 볼이 빨갛게 부어올랐다.

"아, 진짜! 왜 때려! 아프잖아! 형님도 맞아볼래?"

"쯧…….."

"진짜 짜증나 죽겠네. 형님은 그걸 알아야 돼. 형님이 날 아버지 곁에 데려다 놔도, 난 비제이한테 갈 거야. 아버지는 내가 가는 거 안 말리니까."

"그럼 내 옆에 둬야겠군."

"형님이 허구한 날 내 옆에 붙어 있을 순 없잖아."

"목줄을 매서 데리고 다니지."

루빈은 입을 쩍 벌렸다.

라이빈은 한다면 하는 인간이었다.

"에이 씨!"

라이빈이 루빈의 머리 위에 손을 얹었다. 루빈의 연한 갈색 머리칼이 라이빈의 손가락을 감쌌다.

"슬리핑."

이번에도 갑작스러운 마법 시전. 루빈이 곯아떨어진 것을 확인한 라이빈은 조용히 방문을 닫고 나왔다.

라이빈은 홀을 가로질러 응접실에 들어갔다. 응접실 불을 밝힌 라이빈은 하녀를 불러 두 명분의 차를 내오라 시킨 후 소파에 앉아 책을 펴들었다. 채 두 장도 읽지 않았을 때 집사가 들어와 손님의 방문을 알렸다.

"들어오라고 하세요."

손님은 비제이였다. 허름한 평민의 옷을 그대로 입고 있었지만, 라이빈은 비제이가 귀족 자제처럼 보인다는 느낌을 받았다.

목덜미를 감싸는 검붉은 머리카락도, 고양이 같은 눈과 그 안을 채운 커다란 검붉은 눈동자도, 고집스럽게 꾹 다문 얇은 입술도 장난기 머금은 기품이 담겨 있었다.

비제이는 당당하게 안으로 들어와 라이빈의 맞은편에 앉았다.

"루빈, 주시죠."

"싫습니다."

"루빈은 제 루커입니다."

"루빈 생각은 그렇지 않더군요."

"루빈이 싫다고 합니까?"

"아까 같은 일을 경험했는데 좋다고 하겠습니까?"

"아, 그런가요? 루빈이 그렇게 심약한 녀석이라고는 생각 안 했는데 말입니다."

"더 많은 희생을 막아준 건 감사하게 생각합니다."

"그럼 루빈을 제게 주시죠."

"……말을 끝까지 들어보겠습니까?"

"그럼 루빈을 제게 줄 건가요?"

"비제이."

"대답해드리면 루빈을 제게 주겠습니까?"

"하아."

라이빈은 깊은 한숨을 쉬었다.

"루빈은 나랑 같이 가이안 왕국으로 돌아가겠다고 했습니다. 무엇보다 중요한 건 루빈의 뜻이지요. 당신이 아무리 원한다고 해도, 루빈이 싫다고 하면 보내지 않습니다."

"하지만 루빈은 싫다고 하지 않았을 텐데요."

"착각이 심하군요, 비제이."

"착각이 아니라 꿰뚫어 보는 겁니다. 라이빈 교수님은 곤란할 때마다 손가락으로 무릎을 두드리거든요."

"아……!"

라이빈은 자신이 하고 있는 행동을 깨닫고는 얼른 움직임을 멈췄다. 하지만 이미 늦었다. 비제이는 그럴 줄 알았다는 듯 씩 웃었다. 뭔가를 꾸미는 눈초리.

라이빈이 눈을 가늘게 뜨고 비제이를 노려봤다.

"내게서 동생을 데려갈 생각은 안 하는 게 좋을 겁니다. 당신은 내 마법을 이길 수 없으니까요."

"물론 그렇죠. 그럼……."

후루룩.

비제이는 자기 앞에 놓인 뜨거운 홍차를 한 번에 쭉 들이키고는 일어났다.

"가보겠습니다."

비제이가 나가자마자 라이빈은 루빈의 방으로 올라갔다. 루빈은 새근새근 잘 자고 있었다.

창문이 잘 잠겼는지 확인한 라이빈은 창문에 몇 가지 마법을 걸었다. 함부로 접근하면 크게 다칠 위험이 있는 마법이었다.

그것도 모자라 루빈의 침대 옆에도 몇 개의 마법 주문을 걸어났다. 라이빈 이상 가는 마법사가 아니고는 아무도 접근할 수 없도록.

'애송이를 상대로 뭘 하고 있는 건지……'

라이빈은 쓴웃음을 지으며 방을 나가려다가 뭔가 생각난 듯 구석에 있는 책상으로 향했다. 책상 안에는 고급 스크롤 몇 장이 차곡차곡 쌓여 있었다. 취미 삼아 만든 스크롤이었다.

고급 재질의 종이에 고급 잉크, 그리고 라이빈 교수의 능력까지 곁들어진 스크롤은 한 장 가격이 몇 골드는 될 만큼의 값어치가 있었다.

'비제이도 괴로웠다고?'

라이빈은 교수실 안에서 반장을 불태웠을 때의 비제이를 떠올렸다.

그때는 그저 남에게 보이기 위한 모습이라고만 생각했던 그 행동. 자신의 손이 불탈 때까지 반장의 팔을 놓지 않았던 그 행동.

어쩌면 자신의 괴로움만 대단하다고 여겨 두 눈을 가리고 있었을지도 모르겠다.

담장 위에서 진혼곡을 연주하던 비제이. 그 슬픈 선율은 감정 없이 나올 수 있는 것이 아니었다. 그것은 비제이에게 적대감을 가지고 있는 라이빈의 가슴마저 울릴 정도로 서글펐다.

"만약 여기서 루빈을 데리고 갈 수 있다면…… 그땐 나도 어쩔 수 없는 거겠지."

라이빈은 스크롤 몇 장을 꺼내 루빈의 가방에 넣었다. 텔레포트가 가능한 스크롤과 공격 주문이 담긴 스크롤, 치유 주문이 담긴 스크롤이었다.

"루빈, 이 형은 단지 널 생각한 것뿐이다. 난 네가 다칠까 봐 걱정이 돼."

라이빈은 루빈의 머리를 쓰다듬어준 후, 조용히 방을 나갔다.

*　　*　　*

짐은 이를 갈며 성문을 노려봤다.

아티멘의 분노가 강림했다고 한다. 성문은 닫혔다. 아무도 나갈 수 없고, 들어올 수도 없도록. 아티멘의 분노를 잠재우기 위해 성안의 사람들이 모두 기도하고 애원하도록.

"아티멘의 분노? 지랄들 하는군. 그딴 게 있을 리 없잖아."

짐은 침잠의 장미를 사용하려고 했는데 어쩐 일인지 품 안에 넣어뒀던 장미는 시들어 있었다.

"설마…… 바꿔치기 당한 건가? 아니, 그럴 리가 없는데."

짐은 당황했다.

아무리 생각해도 침잠의 장미가 바뀔 만한 일을 떠올릴 수가 없었다.

"설마…… 이게 모조품이었나? 아냐, 모조품이라고 하기에는 힘이 너무 강력했는데…… 도대체 뭐야? 이게 어떻게 된 거야!"

짐은 시든 꽃을 바닥에 집어던졌다.

아무리 발을 동동 굴러도, 침잠의 장미가 없는 짐은 보통의 인간일 뿐이었다. 아무 능력도 없는.

이래서야 다른 곳에 가서 자신만을 위한 병사들을 만들려는 계획도 물거품이 됐다.

"빌어먹을!"

짐은 분노가 치밀었다. 누구든 죽이지 않으면 안 될 기분.

옛날엔 이러지 않았다. 옛날엔…….

'어땠더라?'

기억이 나지 않는다. 아마 '짐은 참 다정해.', '짐은 참을성이 좋잖아.' 라는 말을 들었던 것도 같은데 확실하지가 않다. 그저 부글부글 끓어오르는 살의 때문에 머리가 멍해질 뿐이다.

"죽여야 돼!"

그런데 누구를 죽여야 할지 모르겠다.

"죽여야 돼!"

짐은 성문 앞에 무릎 꿇고 있는 경비병들을 노려봤다. 그들에게는 무기가 있었다. 짐에게도 단도가 하나 있긴 하지만 그걸로는 저들을 이길 수가 없다.

짐은 주위를 둘러봤다. 이놈의 성 안에는 사람이라곤 하나도 찾아볼 수가 없다. 아티멘이 뭐가 두렵다고 다들 벌벌 떨며 집구석으로 숨어버린 건지.

이를 으득으득 갈며 헐떡이는 짐의 눈에, 성벽에 붙어 서 있는 남자가 보였다. 검은 후드를 깊이 눌러쓴 남자는 가만히 서서 짐을 쳐다보고 있었다.

짐은 화가 났다.

'저 빌어먹을 놈은 왜 쳐다보고 지랄이지?'

퉤.

바닥에 침을 뱉으며 불쾌감을 표현했지만 그는 눈을 떼지 않았다. 그에게는 무기가 없었다. 호위병도 없었고 옷도 허름했다. 저런 놈이라면 이길 수 있겠다. 이 넘치는 살의를 풀 수 있겠다.

짐은 그에게 다가갔다.

그가 도망치면 어찌해야 하나 고민을 했지만 그는 피할 생각이 없는 듯 보였다.

짐이 손에 잡힐 만큼 가까이 왔을 때 그는 후드를 벗었다. 그의 얼굴이 드러나자 짐은 숨을 삼키며 얼어붙었다. 짐의 눈이 커졌다.

"실패했군."

"아…… 아……."

그가 두려울 이유는 없었다. 이상한 힘을 지닌 꽃을 주긴 했지만 그것 외에는 별 볼 일 없는 남자였으니까. 하지만 그의 위압감이 짐을 움직이지 못하게 내리눌렀다.

그는 짐에게 바짝 다가섰다. 비릿한 향기가 풍겨왔다. 생선 비린내 같기도 하고 시체 썩은 냄새 같기도 한 역겨운 냄새였다.

짐은 코를 막지도 못했다.

화를 내야 마땅했다. 그가 준 건 시들어버렸으니까. 어디서 모조품 따위를 줬느냐고, 사기꾼이라고, 너 때문에 내 인생 다 망쳤다고. 그렇게 화를 내는 게 옳았다.

그런데 목소리가 나오지 않았다. 다리가 후들후들 떨린다.

'왜?'

짐은 영문도 모른 채 뒷걸음질을 쳤다. 하지만 그의 손에서 벗어날 수는 없었다. 남자는 큰 손으로 짐의 멱살을 잡아 자신에게 끌어당겼다.

"게다가 본체를 빼앗기기까지 했고."

"……보, 본체……?"

"화가 나는군."

"……."

"하지만 잘됐어. 실험하고 싶은 게 있었는데, 실험체가 두 개가 됐으니."

"시, 실험체……?"

바보같이 남자가 하는 말을 되풀이하는 짐. 남자는 짐을 향해 차갑게 웃었다. 눈이 휘어지며 이마의 흉터가 일그러졌다.

"한스……라고 했던가? 그놈이랑 너랑 누가 더 오래 가는지 실험 좀 해보려고. 내 은신처를 보호해줄 것들이 필요한데 마침 두 그루가 부족했거든."

"……."

짐은 남자가 무슨 말을 하는 건지 알 수 없었다. 하지만 뭔가 끔찍한 말을 하고 있다는 건 어렴풋하게 느낄 수 있었다.

남자는 주머니를 뒤져 작은 병을 꺼냈다. 병 안에는 투명한 액체가 들어 있었는데 자세히 보면 잘게 부수어진 알갱이들이 떠다녔다.

"마셔."

"읍……!"

짐은 입을 막고 고개를 저었다. 남자는 짐을 노려보다가 피식 웃으며 짐의 목을 졸랐다. 놀랍도록 강한 힘이 짐의 목뼈를 부러뜨릴 듯 죄어왔다.

짐은 컥컥거리며 조금이라도 공기를 마시기 위해 입을 벌렸고, 남자는 병 안에 있던 물을 짐의 입 안에 부어버렸다.

짐이 자신의 머리 위에 작은 싹이 돋았다는 걸 알게 된 것은, 남자에게 끌려간 후 이틀이 지난 다음의 일이었다.

레이는 짐을 찾아다녔지만 찾기 힘들었다.

성문이 닫히기 전에 빠져나갔을 경우를 떠올려봤지만, 그건 불가능했다. 짐이 아카데미에서 달아난 후 얼마 지나지 않아 성문이 닫혔으니까. 아마 짐은 자신이 가진 꽃이 가짜라는 것을 뒤늦게 알았을 것이다.

혹시나 하는 생각에 경비병들에게 묻기 위해 성문으로 향하는데 성벽을 넘는 두 남자가 보였다. 우물쭈물하며 힘겹게 성벽을 넘는 사람은 짐이 분명했다. 그리고 또 다른 한 남자는…….

'타이진?'

타이진이 분명했다. 검은 후드를 눌러쓰고 있었지만 레이는 타이진이라는 걸 느낄 수 있었다.

'정말…… 너였던 거냐? 아니, 이런 생각을 할 때가 아니지.'

짐은 높은 성벽 위에서 허둥대고 있었고 타이진은 짐의 등을 발로 차 성벽 너머로 떨어뜨렸다.

쿵.

둔탁한 소리가 들렸지만 나와 보는 사람은 없었다. 그 소리는 여기저기서 흘러나오는 기도 소리에 묻혔다. 사실 현재 에니튼 시 사람들에게는 침입자보다는 아티멘의 분노가 더 두려웠다.

레이는 조용히 성벽으로 다가갔다.

타이진도 아래로 뛰어내리는 걸 확인한 레이는 그들이 걸쳐 놓은 밧줄을 잡고 성벽 위로 올라갔다.

성벽 위까지 올라간 레이는 아래를 보고 놀랐다. 타이진은 레이가 따라오는 걸 알고 있었다는 듯, 고개를 들고 레이를 기다리고 있었다. 두 사람의 눈이 마주쳤다. 후드 안의 눈동자가 검게 빛났다.

"타이진……"

레이의 입술 사이로 신음 같은 음성이 흘러나왔다.

"역시 쫓아왔군. 너라면 따라올 줄 알았지."

타이진의 목소리는 예전과 같았다. 타이진이 후드를 벗자 남자다운 깔끔한 얼굴이 드러났다.

"내려와, 레이. 가까이에서 좀 보자."

타이진은 5년이라는 시간이 존재하지 않았다는 듯 전처럼 유쾌하게 말했다. 레이는 잠시 망설였지만 언젠가 부딪칠 상대라는 것을 알았기에 아래로 내려갔다.

탁.

바닥에 내려서는 순간 공격할까 봐 방어 태세를 늦추지 않았다. 하지만 타이진은 공격하는 대신 가슴 앞에서 팔짱을 끼고 느긋하게 레이를 쳐다봤다.

“오랜만이다, 레이.”

“…….”

“오랜만에 봐도 그 표정은 여전하군. 반갑지도 않냐? 난 반가운데.”

“네가 덴저 트레저를 뿌린 거냐?”

“그렇다면? 날 죽이게?”

챙.

레이가 검을 뽑았다.

“응.”

“인정머리 없군. 우린 나름대로 친한 사이라고 생각했는데.”

“친한 사이였었지. 지금에 와서는 그깃조차 의심스럽지만.”

“집어넣어. 너랑 싸우고 싶지 않다.”

“싸워야 할 상황은 네가 만들었다, 진. 어째서 그런 짓을 한 거지? 얼마나 많은 애들이 죽었는지 아나?”

“알아.”

짐은 어리둥절한 표정으로 레이와 타이진을 쳐다보고 있었다.

"왜 그런 짓을 한 거지? 네가 한 짓이라는 걸 알면 비제이가……."

"그만!"

타이진의 얼굴에서 미소가 사라졌다.

"그 자식 얘기는 꺼내지 마, 레이."

"그 자식 얘기가 아니라면 너랑 할 얘기는 없겠군."

"나랑 가자, 레이."

"……."

"헤레이스 아이텐 백작, 넌 강해. 권력도 있지. 대륙의 영웅이고. 너랑 내 힘을 합치면 그 결과가 어떨지 상상이 되지 않아?"

"웃기는군."

"난 너처럼 강한 녀석이 왜 비제이를 따라다니는지 모르겠어. 비제이는 야심도 없고, 사기나 치는 그런 녀석이잖아. 안 그래?"

"하지만 비제이가 없었으면 나도 없었겠지. 비제이는 날 구했고, 그래서 난 비제이에게 내 영혼을 줬다. 문제 있나?"

"비제이가 너한테 뭘 해줬는데?"

"옛날에 친했는지 안 친했는지도 확실하지 않은 놈한테 말하고 싶진 않군."

"고집은."

타이진이 피식 웃었다.

"그럼 넌 비제이한테 솔직하게 다 말했냐? 네가 한, 그 짓까지?"

움찔.

결코 흔들리지 않는 기사, 레이의 검 끝이 가늘게 떨렸다. 검푸른 눈동자도 동시에 흔들렸다. 타이진은 비릿하게 웃으며 말했다.

"말하지 않았나 보군."

"……"

"그걸 말해도 비제이가 널 친구라고 생각할까?"

레이의 얼굴이 하얗게 질렸다. 그날의 일이 떠올랐다.

그럴 수밖에 없는 상황이었다. 그렇게 생각하면서도 비제이에게는 말할 수 없었다. 타이진의 말대로 의심스러웠기 때문이다.

그날의 일을 말해도 비제이는 용서할까? 여전히 웃는 얼굴로 대해줄까?

"정말 모를 일이야. 대륙의 영웅 헤레이스가 어째서 그런 사기꾼에게 매여 있는 거지? 그 사실을 들킬까 봐 전전긍긍하면서까지. 너도 부당하게 생각되지 않아? 넌 대단하잖아. 비제이는 오히려 감사해야 하는 거잖아. 나랑 같이 가자, 레이. 난 늘 너의 대단함을 잊지 않을 거야. 언제나 너의 강함과 권력을 동경하고, 항상 너에게 감사의 마음을 품고 살아갈 거야. 어때?"

“…….”

“난 점점 더 강해지고 있어, 레이. 비제이가 지금은 멀쩡하지만 조만간 내 힘이 더 강해지면 비제이도 변할 거야, 나의 귀여운 마물로. 나랑 멀리 떨어져 있는 마물은 내 명령을 잘 따르지 않아. 난 널 잃고 싶지 않지만 마물로 변한 비제이가 널 죽일지도 모르겠다. 지금 당장 오라는 말은 안 하지. 하지만 비제이가 마물로 변하기 전에 나한테 와라. 너에게 수많은 강력한 트레저를 선물하도록 하지.”

“크……크크크큭.”

레이가 낮게 웃었다. 몸이 흔들릴 때마다 레이의 검푸른 머리카락도 함께 흔들렸다. 레이는 한참 동안 웃다가 검을 내렸다.

“웃기는군.”

검 끝이 땅에 끌렸다.

“내가 그렇게 우스워 보이나? 너 따위의 감사와 너 따위의 선물을 받고 싶어서 배신할 놈으로 보이나? 그거 정말 모욕적이군.”

“레이.”

“제의해줘서 고맙지도 않다, 타이진. 그 사실이 알려져 비제이가 나를 원망한다면, 난 그 원망을 받아들일 거다. 그럴 각오가 있기 때문에 비제이의 옆에 있는 거다. 그리고 또 하나.”

“…….”

"비제이보다 노래 못 하는 놈이랑은 안 다녀."

"쳇."

"나는 널 이길 수 있다."

레이가 천천히 검을 들어올렸다. 검이 둥근 궤적을 그리며 올라가 타이진을 겨누었다.

"싸울 거냐?"

"응."

타이진이 망토 안으로 손을 넣어 단검을 꺼냈다. 단검의 모양을 확인한 레이가 인상을 찌푸렸다.

스콜피언 대거.

비제이를 전갈의 죽음에 빠뜨린 물건이었다.

비제이의 어깨에 있는 것과 같은 전갈이 물질감을 가지고 검은 빛을 뿌렸다.

"하지만 싸우는 건 내가 아냐. 난 강해졌지만 내 검술은 널 이기지 못하거든."

타이진은 스콜피언 대거를 앞으로 쭉 내밀었다. 날카로운 검 끝이 레이를 향했다.

레이는 섬뜩함을 느꼈다. 그 어떤 것도 두렵지 않지만 저 스콜피언 대거만큼은 피하고 싶다.

불길한 예감이 들었다.

아니나 다를까.

발아래가 들썩거렸다.

우우우웅.

불쾌한 울림이 신발을 통해 전해진다. 레이는 타이진에게서 눈을 떼지 않고 뒤로 한 걸음 물러섰다.

우우우우웅.

진동이 점점 강해졌다. 평평했던 땅이 불룩하게 솟아올랐다.

"제길."

레이는 그곳에서 무엇이 튀어나올지 알고 있었다.

마물.

타이진이 만들어낸 마물이 나오려는 것이다.

"그 녀석은 꽤 강해. 혹시 하크라는 이름 들어봤어?"

"……."

"마물로 만들어놨더니 은근히 강하더라구. 쓸모 있는 녀석이야. 너무 심하게 다루진 마."

크르르르르.

듣기 싫은 으르렁거림이 들려왔다. 흙이 옆으로 갈라지며 거뭇한 그림자가 드러났다.

"난 가볼게. 부디 날 찾아오길 바라. 비제이의 손에 죽기 전에."

타이진이 몸을 돌렸다. 겁에 질린 눈으로 서 있던 짐이 서둘러 타이진의 뒤를 따랐다.

크와아아아앙!

그 순간, 마물도 모습을 드러냈다.

타이진이 강해졌다는 말이 맞았다. 예전에도 타이진이 만들어낸 마물과 상대한 적이 있었다. 그때의 마물은 지금 레이의 앞을 막아선 마물만큼 크지도 않았고 끔찍하게 무거운 마기를 뿌려대지도 않았다.

공기를 검게 물들일 정도의 강력한 마기가 레이의 숨통을 죄어왔다. 폐가 오염되어 숨을 쉬기 힘들었다.

게다가 자꾸 예전의 기억이 떠올라 레이를 괴롭혔다. 그날의 일은 씻어낼 수 없는 아픔으로 자리 잡고 있었다.

'집중해. 마물 하나 상대 못할 내가 아냐.'

레이는 양손으로 검을 붙들었다.

크르르르르.

핏빛 눈동자가 레이를 노려봤다. 눈동자에 담긴 건 탐욕, 분노, 살의뿐.

레이의 입꼬리가 올라갔다.

"덤벼라, 하크. 너 따위에게 져서는 영웅으로 불릴 자격도 없겠지."

크아아아앙!

마물이 이를 드러내고 달려들었다.

*　　　*　　　*

톡, 톡.

누가 자꾸 볼을 쳤다. 재미있는 꿈을 꾸고 있었는데.

"하지 마……."

"루, 루. 일어나. 나 핑이야."

은방울이 굴러가는 맑은 목소리에 퍼뜩 눈을 떴다. 사르락 공기 중에 퍼지는 빛무리. 그 안에 파묻히듯 날개를 움직이고 있는 핑이 보였다. 오랜만에 보는 핑의 모습에 울컥 눈물이 먼저 나왔다.

"핑……!"

"여기저기 마법 함정이 설치되어 있어서 몰래 들어왔어. 비제이가 보냈어. 난 마법이 통하지 않으니까 마법 함정을 통과할 수가 있거든. 비제이가 들어왔더라면 창문을 넘다가 감전돼서 죽었을 거야."

"비제이는 어디에 있어?"

"저택 근처에 숨어 있어."

"우리 형님은?"

"모르겠어. 아마 자기 방에 있지 않을까?"

"으응."

루빈은 입을 꾹 다물었다.

도대체 자신의 형이 왜 그렇게 비제이를 나쁜 놈으로 몰아가는 건지 알 수 없었다.

비제이는 사기꾼 기질이 다분하고 약간은 비열하고, 툭 하면 속여먹고 장난치고, 등쳐 먹고…….

'나쁘게 생각할 만하잖아! 노래도 못 하고!'

"루, 비제이의 전언이야."

비제이의 좋은 점을 찾기 위해 머리를 굴리고 있는데, 핑의 주위를 감싸고 있던 빛이 일렁거리며 영상을 만들어냈다. 비제이의 얼굴이었다. 영상은 비제이와 똑같은 표정, 똑같은 목소리로 말했다.

『루, 정정당당하게 승부하면 너네 형을 이길 수 없어. 하지만 난 널 데려갈 생각이야. 루빈, 잘 들어둬.』

차가운 바람이 비제이의 머리칼을 스쳤다. 비제이의 검붉은 눈동자가 차갑게 가라앉았다.

두근.

심장이 불쾌하게 뛰었다.

'왜 이러지?'

늘 가끼이에 있지만 결코 익숙해질 수 없는 기운. 그것이 스멀스멀 다가와 비제이의 발목을 붙들었다.

비제이는 공격이라도 받은 사람처럼 움찔 몸을 떨며 뒤를 돌아봤다.

거리에는 여전히 인적이 없었고 아티멘에게 기도하는 소리만이 웅얼웅얼 흘러나왔다.

저 멀리 성벽이 보였다. 잿빛 높다란 성벽은 조용했지만 그 너머로 전해지는 불길한 기운이 확실히 느껴졌다.

'설마……'

비제이의 눈이 커졌다.

비제이는 당장이라도 그 기운이 뻗치는 곳으로 달려가고 싶었다.

꿈틀, 꿈틀.

조용히 자리 잡고 있던 스콜피언이 움직이기 시작했다. 어깨에서 시작된 강렬한 통증이 심장으로 전해졌다. 몸이 타들어가는 고통. 비제이는 심장을 움켜쥐었다.

눈앞이 까맣게 물들었다.

빛 한 조각 찾아볼 수 없는 어둔 공간에 붉은 피가 또렷하게 새겨졌다. 끈적거리는 질감의 선혈이 스멀스멀 움직여 형태를 만들어냈다.

크고 징그러운 검붉은 육체.

그것은 역겨운 냄새와 강렬한 마기를 뿜어냈다.

두근.

그 마기가 비제이를 요동케 했다.

그것이 아가리를 벌렸다. 쩍 벌어진 입 안에 핏물이 뚝뚝 흐르는 것이 보였다.

욕지기가 치밀었다.

'괜찮아.'

천천히 호흡했다.

'그냥 있어. 괜찮아…… 나는 아직 변하지 않아.'

두근, 두근.

'나는 아직 인간이야.'

두근, 두근.

고동소리가 점점 작아졌다.

"비제이!"

번쩍.

눈을 뜨자 밝은 빛이 동공을 자극했다.

파드닥.

핑의 날개에서 떨어지는 빛이 비제이를 잠식하려던 어둠을 몰아냈다.

비제이를 삼키려던 마물은 사라졌고 어깨의 스콜피언 역시 잠잠했다.

'내 착각이었나?'

"비제이, 괜찮아?"

핑의 작은 얼굴이 걱정으로 일그러졌다. 비제이는 애써 웃었다.

"불현듯 떠오른 음률이 내 음악적 재능을 울게 만들었어."

"뭐야, 그게. 걱정했잖아. 사기꾼 비제이!"

"아하하하, 루빈한테 전했어?"

"응."

“내가 물어본 건?”

“축복의 밀알 갖고 있어?”

“응, 그건 아직 길드에 등록 안 했거든. 그건 왜?”

“그걸 먹이래.”

“축복의 밀알을?”

“응, 응.”

“흐음…….”

비제이는 그런 것보다는 성벽 밖에서 흘러들어 오는 마기가 신경 쓰였다. 마기가 느껴진다는 건 보통 일이 아니었다. 마계와의 경계에 균열이 생겼든가, 그게 아니라면.

‘타이진이 와 있는 건가?’

비제이는 잠시 망설였다.

이곳에 타이진이 와 있다면 이 모든 일의 주범이 타이진이라는 말이다. 그건 믿고 싶지 않은 일이다. 답이 그거 하나밖에 없음에도.

두 눈으로 확인하는 것이 두려웠다. 무엇보다 변해버린 옛 친구의 모습을 마주하는 것이 겁났다.

‘하지만…….’

비제이는 약한 생각을 떨쳐내고 거리를 달렸다.

‘어차피 마주칠 거라면 하루라도 빨리 보는 게 낫겠지, 타이진.’

타이진은 항상 웃는 얼굴이었다. 너무 잘 웃어서 실없다는 소리를 들을 만큼.

하지만 어째서인지, 비제이가 타이진의 얼굴을 떠올릴 때면 악귀처럼 일그러진 얼굴만이 떠올랐다.

아무리 생각하고 노력해도 타이진의 웃는 얼굴을 떠올릴 수가 없었다. 10년 이상 늘 봐온 것이 웃는 얼굴이었는데도.

'타이진…….'

성벽이 가까워졌다.

비제이는 늘 허리에 매달고 다니는 밧줄을 꺼내 성벽 위로 던졌다. 성벽의 울퉁불퉁한 곳에 불안하게 걸린 밧줄. 언제 떨어져도 이상하지 않을 밧줄이지만 비제이는 두 손으로 밧줄을 부여잡고 계속 달렸다.

길게 늘어져 있던 밧줄이 팽팽하게 당겨졌다. 저 위에서 누가 끌어올려 주는 것처럼.

성벽 위에는 아무도 없었다. 그런데도 밧줄은 계속 팽팽해졌고 급기야 비제이의 몸을 공중으로 띄웠다.

부웅.

비제이의 다리가 성벽 위에 올라서는 건 순식간에 일어난 일이었다. 성벽에 안전하게 착지한 비제이는 짧아진 밧줄을 허리에 걸어두며 아래를 내려다봤다.

"……!"

있을 거라고 예상했던 타이진은 보이지 않았다. 마물도 없었다.

그곳에는 붉은 옷을 입은 한 남자가 쓰러져 있을 뿐이었다.
아니, 원래는 하늘색이었던 그 옷이 피에 젖어 붉게 물들어 있
었다.
"헤레이스!"
탁.
바닥에 뛰어내려 레이에게 달려갔다.
"레이! 레이, 이게 어떻게 된 거야?"
숨은 쉬고 있는 건지, 심장은 뛰는 건지.
레이는 죽은 듯 누워 있었다.
창백하게 질린 얼굴은 괴로움으로 일그러졌고 복부 쪽에 길
게 베인 상처가 있었다.
"제길!"
비제이의 눈이 흔들렸다.
"레이, 죽은 거야? 응? 비제이, 레이 죽은 거야?"
핑이 겁에 질린 목소리로 물었다.
"숨은 쉬는 것 같은데……."
희미하게 들리는 심장 박동.
"심장도 뛰고 있고."
비제이의 눈이 공포로 젖어들었다.
이곳에 타이진은 없지만 타이진이 왔다가 간 것은 분명하
다. 그게 아니라면 이 짙은 마기를 설명할 길이 없다. 만약 레
이가 타이진에게 당했다면.

‘설마 스콜피언 대거에 찔린 건 아니겠지?’

비제이는 거칠게 레이의 옷을 벗겼다. 이미 찢어져 있어서 벗기기는 편했다.

배에서 가슴으로 깊이 갈린 상처가 벌어져 그 안의 희끗한 갈비뼈가 보였다.

거칠게 찢긴 걸로 봐서는 칼에 베인 것 같진 않다. 그래도 안심할 순 없었다.

‘너까지 당했으면 안 돼.’

비제이는 하베나이툼의 귀걸이로 간신히 저주의 힘을 억누르고 있었다. 만약 레이까지 저주에 걸렸다면.

‘그래, 그땐 내가 이 귀걸이를 너에게 줄게. 하지만 그건 후딘의 앞에서야. 넌 지금 날 죽일 수 없으니까 후딘을 데리고 와야 돼.’

오만가지 생각이 다 들었다.

비제이가 떨리는 손으로 옷의 어깨 부분을 들췄다. 그 어깨가 저주의 흔적 없이 깨끗하다는 것을 확인했을 때, 덥석 레이가 비제이의 손목을 붙잡았다.

“레이……!”

레이가 눈을 떴다. 검푸른 눈동자가 초점을 잃고 흔들렸다.

“레이. 나야, 비제이. 스콜피언 대거에 찔린 건 아닌 것 같아. 저주의 흔적이 없어. 레이, 지금 죽는 건 아니지? 좀만 견뎌. 지금 신전으로…….”

“비제이······.”

얄팍한 입술이 달싹이며 쉰 음성이 흘러나왔다.

“응, 레이.”

“······내가······ 죽였다······.”

“응?”

“내가······.”

누굴 죽였다고 물을 새도 없이 레이는 정신을 잃었다. 손목을 붙잡고 있던 손에서도 힘이 빠져나갔다.

“누굴 죽였다는 *거지?*”

핑이 비제이를 대신해서 의문을 표시했다. 비제이도 고개를 갸웃했다.

“글쎄, 타이진을 죽였을 리는 없고. 마물을 죽인 모양이지?”

그러고 보니 레이의 주위에는 레이의 것이라고는 볼 수 없는 커다란 피 웅덩이가 있었다.

레이의 옷을 흠뻑 적신 것도 전부 레이의 피만은 아닌 것 같았다.

“그래, 레이 정도면 마물 한 마리쯤은 이길 수 있겠지. 이렇게 다친 게 이상할 정도야.”

“응, 응. *나도 마물을 본 적 있는데 마물 한두 마리는 레이를 못 이겨.*”

“마물을 본 적이 있다구? 언제? 너, 나 몰래 이중생활 하나?”

“응? 그러네. 난 언제 마물을 봤던 거지?”

핑은 자기가 말해놓고도 이상하다는 듯이 갸웃거리며 비제이의 귀걸이 속으로 쏙 들어가 버렸다.

5장

구출 작전

'축복의 밀알을 먹이라고?'

핑을 통해 전언을 보내면서 빅터에 대한 이야기를 전했다. 트릭씨드에 중독된 사람을 구하려면 어떻게 해야 하는지.

의외의 대답이 돌아왔다. 난데없이 축복의 밀알을 먹이라니.

어쨌든 최고의 루커가 던져준 답이니 해보는 수밖에 없다. 단 한 알밖에 없는 축복의 밀알이 아깝긴 하지만 그보다는 사람 생명이 우선이니까.

'만약 이게 안 통하면, 빅터를 구할 방법은 없는 거겠지.'

약기운 때문에 곯아떨어진 후딘 옆에 레이를 눕혀놓고(한 침대를 썼다는 걸 알면 둘 다 비제이를 죽이려 들 게 틀림없었다.) 지크의 방으로 향했다.

지크는 열심히 빅터의 뺨을 때리고 있었다. 때리는 것도 지치는 일이다. 몇 시간 동안 쉬지 않고 빅터를 때려서 깨운 지크는 심하게 지쳐 헐떡이고 있었다. 비제이는 금방이라도 쓰러질 것 같은 지크의 어깨를 잡았다.

"이제 내가 할게."

"아, 아까는 나한테 말을 하려고 했습니다. 헉…… 헉…… 정신을 좀…… 차린 것 같긴 한데……."

지크가 헐떡이며 설명했다. 비제이는 고개를 끄덕이곤 가죽 주머니에서 작은 병을 꺼냈다. 병 안에 들어 있는 작은 밀알이 달그락 움직였다.

"그건…… 약인가요?"

"그렇다고 할 수는 있는데…… 아니라고 할 수도 있고…… 여하튼 이게 안 통하면 빅터를 구할 방법은 없어."

"구할 방법이 없다구요?"

"응, 트레저는 마법도 치유력도 안 통하니까. 어쨌든 한번 해보자. 이게 통하기를 바라야지."

꿀꺽.

지크가 마른 침을 삼켰다.

빅터가 저렇게 되어버린 이후 제대로 잠을 잔 적이 없다. 게다가 요 몇 시간 동안은 정신을 차리게 하기 위해 지치도록 움직였다. 쓰러질 것 같았지만 간신히 정신을 붙들었다. 빅터가 어떻게 되는지는 확인해야만 한다. 만약 이대로 죽는다면 마지막 가는 모습이라도 지켜봐야 한다.

지크는 두 주먹을 꽉 쥐고 비제이가 작은 밀알을 빅터의 입 안에 밀어 넣는 걸 지켜봤다.

"물 좀."

"네!"

지크는 얼른 일어나 컵 가득 물을 따라 왔다. 비제이는 빅터의 턱을 잡아 입을 벌려 물을 흘려보냈다.

쪼르르 물이 들어가고 밀알도 함께 식도로 넘어갔다.

비제이와 지크는 조용히 기다렸다. 무슨 일이든 일어나기를.

"아무 일도…… 없는데요……."

지크가 조심스레 입을 열었다. 비제이가 어두운 표정으로 빅터의 머리에 뿌리를 내린 나무를 만졌다. 나무를 만지던 비제이의 표정이 변했다.

"음?"

"무슨……?"

"됐다!"

비제이가 보기 좋게 웃었다. 지크는 고개를 갸웃했다. 아무것도 변한 건 없는데.

"말랐어."

“네?”

“나무에서 수분이 사라지고 있어.”

“수분이요?”

“루빈, 역시 굉장해! 루빈이 맞았어!”

“네?”

지크는 비제이가 왜 저렇게 기뻐하는 건지 알 수 없었다. 여자 모양의 기괴한 나무는 여전히 건재했기 때문이다. 하지만 비제이는 고개를 끄덕거리며 ‘루빈’ 이라는 알 수 없는 이름을 들먹였다.

“역시 최고야, 루빈. 난 널 가져야겠어. 라이빈 교수 따위는 아무래도 좋아. 아, 난 최고의 루커를 얻었어! 트릭씨드에 맞설 방법을 아는 루커라니! 역시 나란 놈은 보는 눈이 있어!”

“라이빈 교수님은 갑자기 왜……?”

비제이가 라이빈과 아는 사이라는 놀라움을 느낄 새도 없이 지크는 벌떡 일어났다. 나무가 시들어가는 것이 지크의 눈에도 똑똑히 보였기 때문이다.

새파란 나뭇잎이 우수수 떨어졌고 적갈색 싱싱했던 줄기가 검게 변했다. 줄기는 바싹 말라가면서 점점 작아지고 초라해졌다. 줄기가 만들어낸 풍만한 여성은 온데간데없고 비쩍 마른 노인만 존재했다.

“나, 나무가!”

“그래, 나무가 시들고 있지? 안 되겠다!”

척.

비제이가 하프를 꺼냈다.

"이 기쁨은 역시 노래로 표현해야겠어."

"에에?"

챠라라랑.

지크가 뭐라 말하기도 전에 비제이의 손가락이 현을 긁었다. 나직하면서도 맑은 하프의 선율이 여관의 방 안을 가득 채웠다. 그리고……!

대단, 대단, 대단해!

나의 루커 대단해!

트레저란 트레저를 다 알고 있는 대(大) 루커!

다크엘프 트릭씨드 다 물럿거라!

루커 루빈 나가신다, 길을 비켜라!

루커 루빈 가는 곳의 덴저 트레저

쪽도 못 써, 벌벌 떨며, 길을 비키네

"……!"

지크가 입을 쩍 벌렸다.

'이…… 이 사람은 도대체……?'

"땡큐."

가볍게 인사한 비제이가 하프를 들어 빅터를 가리켰다. 지크는 입을 헤 벌리고 비제이가 가리킨 곳을 바라봤다.

"빅터!"

지크가 빅터에게 달려갔다.

빅터의 머리 위엔 아무것도 없었다. 며칠 전부터 지크를 두렵게 하던 기괴한 나무는 바짝 말라 비틀어져 빅터의 옆에 떨어져 있었다.

지크는 혹시라도 그것이 되살아날까 두려웠다. 그 마음을 알았는지 비제이가 아무렇지도 않게 마른 나무를 집어들었다. 지크는 눈으로 감사를 보낸 후 빅터의 손을 잡았다.

"빅터! 빅터! 내 목소리 들려? 응? 나무가 뽑혔어! 머리 위에 이제 아무것도 없어! 넌 살아난 거야! 빅터! 빅터! 눈 좀 떠봐, 응? 빅터!"

빅터는 눈을 뜨지 않았다. 지크의 들뜬 목소리가 가라앉았고, 급기야 가늘게 떨렸다. 지크가 불안하게 비제이를 쳐다봤다.

"지금 당장은 정신 차리기 힘들 거야. 억지로 깨워줄 순 있는데……."

그러면서 주먹을 들어올리는 비제이. 지크가 기겁하며 고개를 저었다.

"그래, 그럼 그냥 그대로 놔둬. 적어도 모레쯤에는 눈을 뜰 테니까."

끄덕끄덕.

"그리고 빅터에게 있었던 일은 아무한테도 말하지 마. 빅터도 입단속을 시켜. 이 일이 퍼지면……."

꿀꺽.

"너도, 빅터도 죽을 거야. 가장 끔찍한 방법으로."

"……."

"……라는 건 사실 거짓말."

"이봐요!"

"하지만 위험해지긴 할 거야. 어쩌면 자신이 무엇으로 변했는지도 모르고 남은 생을 살아가게 될 수도 있어."

장난만 치는 남자인 줄 알았다. 그런데 지금의 비제이는 더없이 진지했고 위압감마저 느껴졌다. 지크는 마른 침을 삼키며 고개를 끄덕였다.

"좋아, 그럼…… 아!"

방을 나가려던 비제이가 생각난 듯 지크를 돌아봤다.

"너, 내가 빅터 살려줘서 고맙지?"

"네? 그야 당연히……."

"그럼 내 부탁 하나 들어줄래?"

"네?"

*　　　*　　　*

레이가 깨어난 건 아직 어두울 때였다.

　레이는 눈을 감은 채 마물과의 싸움을 떠올렸다. 마물은 강했다. 전에 상대했던 것과는 비교할 수 없을 정도로. 그러나 레이 역시 전보다 강해졌다. 마물은 조금 강하고 역겨운 적일 뿐이었다.

　하지만 마물에게 당했다.

　급소를 가격할 기회가 몇 번이나 있었지만 기회를 놓쳤다.

　떠올랐기 때문이다. 그날의 일이.

　생생하게 떠오른 기억이 발목을 붙들어 마물을 벨 수가 없었다.

　종교 전쟁 때에 수많은 사람을 죽였다. 그중에는 어린 아이도 있었고 여자도 있었다. 분명 죄책감은 있다. 하지만 지금 또 전쟁이 일어나 그들을 죽여야 한다면 벨 수 있다. 한치의 망설임도 없이.

　허나 마물은 달랐다. 마물은······.

　'제길.'

　벗어날 수 없다. 비제이에게 용서를 받더라도 벗어날 수 없으리라.

　레이가 멈칫하는 순간 긴 손톱이 레이의 배를 찢었고 레이는 정신을 차리고 마물의 팔을 잘라냈다. 평범한 마물이라면 팔 하나쯤 잃어도 계속해서 덤비겠지만 이 마물은 달랐다. 이성이 있는 것처럼 떨어진 팔을 줍더니 사라져버렸다.

　'타이진이 조정하고 있는 건가?'

차라랑.

맑은 음률이 레이의 상념을 깨뜨렸다. 그러고 보니 아까부터 계속 이 음악이 들려왔던 것 같다. 낮게 가라앉은 슬픈 곡조.

레이가 눈을 뜨자 비제이가 보였다. 비제이는 창틀에 걸터앉아 둥근 달을 보며 하프를 연주하고 있었다.

"깼어?"

비제이가 돌아보지도 않고 물었다.

"어."

"아프냐?"

"어."

"많이?"

"너도 배 갈려볼래?"

"에이, 사양한다."

비제이가 하프를 집어넣고 레이의 침대로 다가왔다.

"레이."

"어."

비제이는 잠시 말이 없었다. 물끄러미 응시하는 비제이의 시선을 견디기 힘들었다. 때때로 비제이의 눈동자는 모든 것을 꿰뚫어 보는 것처럼 보일 때가 있었다. 지금이 바로 그런 순간이다.

"타이진을 만났어?"

이윽고 비제이가 물었다. 레이는 솔직하게 답했다.

"어."

"그럼 이건 역시 타이진이 벌인 일인 거네?"

"……그렇겠지."

"마물이랑 싸운 거지?"

"응."

"죽였어?"

"아니."

"그래?"

비제이는 고개를 갸웃했다.

레이는 정신을 잃기 전 말했다.

　　　"……내가…… 죽였다……."

그렇다면 그건 뭘 죽였다는 것일까?

비제이는 레이가 무슨 말이든 해주기를 기다렸지만 레이는 아무 말도 하지 않았다.

'뭐, 본인이 말하고 싶지 않은 걸 물어볼 순 없겠지.'

"아, 레이. 이제 곧 나가야 돼. 루빈을 납치해야 되거든. 움직일 수 있겠어?"

"응. 후딘은?"

"내가 부탁한 것 좀 만들러 갔어."

“빅터, 지크는?”

“무사해, 빅터 일도 해결했고.”

“잘됐군. 아이메텔오린 양은?”

“그것도 해결.”

“그래.”

“레이.”

“어.”

불쑥.

갑자기 비제이가 레이에게 얼굴을 들이밀었다. 선명한 검붉은 눈동자가 반짝 빛을 냈다.

“괜찮은 거냐, 너? 무슨 생각을 하고 있는 거야?”

“……얼굴 치워.”

“고민 있는 거면 노래라도 불러줄까?”

“그건 제발 사양한다.”

후딘이 들어왔다.

“비제이, 만들었다. 넌 말이다, 인마. 이 아픈 친구한테 그런 걸 시켜야겠냐? 병간호는 못 해줄망정? 우리의 우정이 고작 그 정도였던 거냐? 응?”

“잘 만들었지.”

“그야 물론.”

후딘이 가슴을 쫙 펴고 자랑스레 대답했다. 비제이가 창 밖을 쳐다봤다. 어둑했던 하늘이 붉게 물들어갔다.

"가자, 루빈 데리러."

*   *   *

지크는 아무리 생각해도 비제이라는 인물에 대한 답을 낼 수가 없었다.

비제이의 부탁은 아방카의 영역에 들어가서 아방카 두목을 만나 메린을 데리고 나오라는 얘기였다. 아카데미가 시끄러울 테니, 잠잠해질 때까지 메린을 보호해달라고 했다.

아방카 사람들은 '비제이'의 심부름으로 왔다고 말하면 친절해졌다. 아니, 오히려 겁에 질린 것 같은 표정을 지었다.

도대체 '비제이'가 무엇이기에 그 유명한 아방카 사람들을 이렇게 고분고분하게 만들 수 있단 말인가. 겉으로 보기에는 노래 못 하고 장난 많이 치는 어린애처럼만 보였는데.

'도대체 정체가 뭐지? 어디서 들어본 이름인데, 진짜.'

아방카의 두목은 만나볼 수 없었지만, 술 냄새를 풀풀 풍기며 잠든 메린은 만날 수 있었다. 축 늘어진 사람을 업고 가는 건 힘든 일이었다. 낑낑거리며 아방카의 영역을 벗어나려는데, 하늘 위에 커다란 새가 날아가는 모습이 보였다.

"와하하하하! 이거 진짜 재밌잖아! 아무래도 진품을 찾아야겠어!"

"새가 말을 해?"

지크는 놀라서 입을 쩍 벌렸다. 하지만 곧 고개를 저었다.

"내가 너무 지쳐서 환청을 듣는 모양이야. 새가 말을 할 리가 없지. 게다가 어디서 들어본 목소리였어."

다시 고개를 들었을 때 큰 새는 더 이상 보이지 않았다.

여관으로 돌아온 지크는 비제이가 준 돈으로 방 하나를 더 빌려 메린을 눕혔다. 당장이라도 쓰러질 것처럼 피곤했지만, 메린이 깨어날 때까지 방문 앞에 서서 기다렸다.

메린이 깨어났을 때 지크는 혼란스러워하는 메린에게 그동안 있었던 일을 설명했다.

"비제이 님이 날 보호하라고 했다구?"

설명을 들은 메린은 얼굴을 빨갛게 물들이고 되물었다.

"비제이 님이 여기 왔었단 말이야? 정말로?"

"네, 정말로요."

"아, 비제이 님은 역시 날 알고 계셨던 거야. 어쩜 좋아! 그런데 술 취한 모습을 보였다니."

지크는 놀랐다.

도대체 비제이의 정체가 뭐기에 칼페디온 필렌트 후작의 딸이 저런 표정을 짓는단 말인가.

"비제이 님이…… 도대체 뭐하는 사람이죠?"

"어?"

오히려 메린이 황당하다는 표정을 지었다.

"비제이 님을 모르는 거야?"

“어디서 들어본 이름 같기는 한데……”

“바보, 비제이 님은 말이지……”

꿀꺽.

“헌터야.”

“헌터……”

기억을 더듬던 지크는 드디어 비제이라는 이름을 어디서 들었는지 깨달았다. 최연소로 마스터 메달을 받은 트레저 헌터 비제이.

“설마!”

“그래, 맞아. 바로 그분이 최연소 마스터 헌터 비제이 님이야.”

메린은 마치 자기 남편을 자랑하듯 환한 미소를 지었다. 그리고 지크는 쩍 벌어진 입을 다물지 못한 채 자신이 만난 최연소 마스터 헌터 비제이에 대해 떠올렸다.

마스터 헌터, 그것도 최연소 마스터 헌터. 그래서 모든 소년들의 로망인 비제이.

그는 바보에 음치였다!

*   *   *

잠든 척하는 루빈은 라이빈에게 안겨 마차에 태워졌다. 라이빈은 맞은편에 앉아 있었고 루빈은 계속 잠든 척을 하느라

곤욕스러웠다.

『루, 나는 전갈의 죽음을 안고 살아가는 운명이야. 언제
마물로 변해 널 헤치게 될지도 알 수 없어.』

비제이의 전언은 그렇게 시작했다.

『하지만 루, 난 약속을 지킬 거야. 너에게 트레저의 세
상을 보여줄게. 네가 보길 원하는 트레저는 모두 찾아다줄
게. 만약 네가 나랑 같이 갈 거라면, 일단 이 주머니에 네
물건들을 넣어서 몸 안에 감춰..』

비제이는 핑을 통해 가죽 주머니를 전달했다. 루빈은 가죽
주머니에 자기 물건을 챙기다가 자기 것이 아닌 스크롤들을
발견했다. 스크롤을 적어내려 간 글씨는 분명 형의 글씨체였
다.
'형은 도대체 무슨 생각이지?'
비제이와 같이 못 가게 하려고 하면서 스크롤을 넣어둔 형의
속셈을 이해할 수가 없었다.
'형이 내 물건들을 가지고 나와서 다행이야.'
루빈은 자신의 무기인 트레저를 가죽 주머니에 넣으며 생각
했다. 아카데미가 붕괴하기 전, 라이빈이 루빈의 기숙사 방에

서 루빈의 물건들을 챙겨 나와준 것이다.

『마차는 새벽에 출발할 거야. 마차를 끄는 말은 네 마리. 성문을 나설 때까지는 5분 정도 걸릴 거야. 성문을 나오자마자 숫자를 세. 오백삼십. 그걸 다 셌을 때 잠에서 깨어난 척해. 그리고 백을 더 센 후에 화장실에 가고 싶다고 말해. 마차가 멈추면 오른쪽에 있는 숲으로 들어와. 라이빈 교수가 따라올 수도 있고 아닐 수도 있지만 아무래도 좋아. 마차에서 이십 걸음 떨어졌을 때 두 손을 위로 뻗어. 알겠지?』

도대체 비제이는 무슨 생각인 걸까? 아무리 고민해도 비제이가 하려는 일이 뭔지 알아낼 수가 없었다.
"으음……."
어쨌든 루빈은 잠에서 깬 척을 했다.
"일어났구나."
라이빈은 눈치채지 못한 듯했다. 루빈은 토라진 표정을 짓고 속으로 숫자를 셌다.
'하나, 둘…… 구십구, 백.'
"형님, 나…… 화장실……."
"화장실? 그래, 그럴 시간이지."
라이빈은 의심 없이 마차를 멈췄다. 라이빈이 의심할 이유가 없었다. 비제이는 어젯밤 루빈을 구해내지 못했다. 라이빈이 설치한 함정을 지나간 흔적도 없었다.

'그래, 생각보다 더 별거 아닌 놈이었던 거야. 그런 놈에게는 절대로 내 동생을 맡길 수 없어.'

루빈은 휘적 휘적 걸어 숲으로 들어갔다. 라이빈은 망설이다가 루빈의 뒤를 따랐다. 혹시 모른다는 생각 때문이다.

라이빈은 루빈에게서 열 걸음 정도 떨어진 곳에 서서 루빈의 행동을 지켜봤다. 루빈은 별달리 라이빈을 돌아보지도 않았고, 뭔가를 하려는 기색도 없었다.

'내가 비제이를 상대로 너무 긴장하고 있는 건가? 루빈이랑 뭔가를 계획할 방법도 없었을 텐데…… 내가 뭐하는 건지.'

바보 같을 정도로 경계하는 자신의 행동을 비웃고 있을 때 루빈이 기이한 행동을 했다. 갑자기 두 팔을 번쩍 들어올린 것이다.

'쟤가 왜 저러지?'

라는 생각과 동시에.

째애애애액!

나뭇가지 사이에서 잿빛의 큰 물체가 빠른 속도로 날아왔다. 그것은 순식간에 루빈의 팔을 채어갔다. 그리고 날아올랐다.

라이빈은 입을 쩍 벌렸다. 자신의 눈을 믿을 수가 없었다. 공격을 해야 한다는 생각도 동생을 구해야 한다는 생각도 잊었다. 그저 눈앞에 벌어진 어이없는 일에 당황했을 뿐이다.

그 커다란 것은 새였다. 돌로 만든 새. 아니, 가고일 석상. 그리고 그 석상의 위에 타고 있던 것은…….

"비제이……!"

자신이 당했다는 것을 깨달았을 때 움직이는 가고일 석상과 비제이, 그리고 루빈은 하늘 높이 날아올라 까만 점이 되어 있었다.

"하하하하하하."

라이빈은 웃음을 터뜨렸다.

가고일 석상을 움직이게 만들다니.

"하하하하, 이런 식으로 내 뒤통수를 치다니. 잊지 않겠습니다, 비제이."

그러나 하늘을 쳐다보는 라이빈의 표정은 더 이상 어둡지 않았다. 라이빈은 유쾌하게 웃으며 혼자서 마차로 향했다.

아직 어린 루빈에게 기댈 나무는 필요했다. 그런데 그 기댈 나무는 형인 자신이 아니었다. 루빈은 자신이 기댈 나무를 찾았다.

동생이 찾아낸 나무는 기이하지만 그래도 꽤 듬직한 나무였다.

"루빈, 어때? 시원하지?"

"이건 에닝의 가고일이야?"

"응, 하지만 모조품."

"모, 모조품? 후딘이 만들었어?"

"응, 오늘 새벽에."

가고일 석상은 빨랐다. 바람이 서늘하게 볼을 스쳤다.

루빈은 아래를 내려다봤다. 에니튼 시와 그 주위를 둘러싼 숲이 장난감처럼 작게 보였다.

"굉장해! 하늘을 나는 건 처음이야!"

"아하하하, 이거 진짜 재미있지 않아? 에닝의 가고일 진품을 찾아야겠어. 쓸 만할 것 같아."

"응, 응. 있을 만한 곳을 알고 있어."

"그럼 다음 목적은 에닝의 가고일인가?"

"아, 그리고 비제이. 나 그 전갈의 죽음에 대해……."

"잠깐, 루빈."

비제이가 루빈의 말을 끊었다. 가고일이 점점 속도를 줄이고 하강하기 시작했다. 아니, 하강하는 게 아니라 떨어지기 시작했다.

"뭐야? 지금 이거 떨어지고 있는 거야? 우리 떨어지는 거 아니지?"

"사실 이게 급하게 만든 거라서 오래 못 가거든. 한 시간 정도?"

"하, 한 시간? 우리 아직 한 시간도 안 날았어!"

"아니, 그게…… 널 구하기 전에 내가 좀 타고 날아다녔어.

너무 재미있어서 어쩔 수가 없었어, 루.”

“야! 비제이! 너 진짜 죽고 싶어? 도대체 그런 짓은 왜 하는 건데? 너 진짜 짜증나는 거 알아? 구할 거면 그냥 구하기만 하라구!”

“미안, 루. 이대로 떨어지게 된다면 네가 쿠션 역할을 해주라. 역시 살아남는다면 세상에 음악을 전파할 수 있는 내 쪽이 낫지 않겠냐?”

“그럴 리가! 쓸모없는 놈! 네놈이 쿠션이 돼! 네놈이 죽으라구!”

“루빈! 친구라는 건 말이지…….”

“치인구우? 누가 너랑 나랑 친구래? 난 주인, 넌 내 명령에 따라 트레저를 찾아오는 노예 헌터! 우린 딱 그런 관계라구!”

“아하하하하, 그런가?”

“비제이! 뭔가 준비해둔 거지? 응?”

“응, 준비해뒀지. 아래를 봐.”

아래를 본 루빈.

“야아아아아!”

루빈이 비명을 질렀다.

“난 수영 못 한다구우우우우우!”

풍덩!

어푸, 어푸.

허우적거리는 루빈을 비제이가 구했다. 비제이는 능숙하게 헤엄을 쳐 뭍으로 나아갔다.

루빈은 비제이의 팔에 안겨 비제이를 쳐다봤다. 이곳에 '마침' 호수가 있어서 다행이다.

'비제이가 이런 것까지 계산에 넣어둔 거겠지?'

물끄러미 쳐다보는 루빈을 향해 비제이가 씩 웃으며 말했다.

"진짜 재밌었지? 후딘한테 만들어달래서 한 번 더 할까?"

"……."

타닥, 타닥.

비제이 일행은 모닥불을 사이에 두고 둘러앉았다. 레이는 검을 손질했고 후딘은 술을 마셨다. 아름답기로 유명한 키리반의 여인들을 다시 만날 생각에 기분이 좋은 듯했다.

"필렌트 후작령으로 갈 거냐?"

후딘이 물었다.

"응, 너도 갈래?"

"난 패스. 가게로 돌아가고 싶다. 필렌드 후작은 대하기 어렵기도 하고. 루빈, 너도 가게로 갈래?"

"응. 조사할 것도 좀 있구. 키리반 왕립 아카데미에도 가봐야 돼."

"아카데미는 왜?"

"아! 맞아. 아까 얘기하려고 했다가 호수에 빠지는 바람에

깜빡했네. 비제이!"

루빈이 파란 눈을 반짝반짝 빛내며 비제이를 쳐다봤다. 고기를 입에 물고 있던 비제이가 고개를 옆으로 기울였다.

"비제이, 어쩌면 전갈의 죽음에서 풀려날 수 있을지도 몰라!"

툭.

챙.

쨍그랑.

루빈의 한마디가 불러일으킨 효과는 컸다.

비제이는 고기를, 레이는 검을, 후딘은 술병을 떨어뜨렸다. 세 사람은 입을 쩍 벌리고 믿을 수 없다는 표정으로 루빈을 쳐다봤다.

"전갈의…… 죽음에서…… 풀려날 수…… 있다구?"

비제이가 더듬더듬 물었다.

쿵, 쿵.

비제이의 심장이 뛰었다. 전갈의 죽음에서 벗어나기 위해 수많은 노력을 했다. 책이란 책은 다 찾아봤고 유명한 주술사들도 찾아다녔다. 하지만 어느 누구도 전갈의 죽음을 상대할 방법은 알지 못했다.

포기했다.

이것을 안고 살아가야 하는 것이 숙명이라면 그것을 안고 될 수 있도록 길게 살아남겠다고 결심했다.

마물로 변하는 순간 아직 인간의 본성을 잃기 직전, 레이든 후딘이든 이 몸을 죽여준다면. 그런다면 결국 전갈의 죽음에게 진 것이 아닐 거라고, 그렇게 받아들이고 살기로 했다.

한 사람이라도 더 자신을 죽여줄 사람을 찾길 원했다. 마물이 되기 직전의 자신을 죽여줄 수 있는 사람.

그렇게 찾아낸 루빈이 말했다.

전갈의 죽음에게서 벗어날 수 있다고.

"응, 하지만 비제이. 이건 알아둬. 확실한 건 아냐. 아무도 해보지 않은 거니까."

"가능성은 있다는 거잖아."

"응."

"하……?"

가능성.

단 1퍼센트의 가능성이라도 존재한다는 것이 중요했다.

"위험할지도 몰라. 어쩌면…… 그것 때문에 죽을지도 몰라."

위험 따위는 아무래도 좋았다. 붉은 스콜피언이 어깨에 자리를 잡은 그 순간부터 위험은 늘 따라다녔다. 마물로 변할지도 모른다는 위험.

죽는 것보다 마물로 변하게 될 것이 더 두려웠다. 자신의 의지와 상관없이 소중한 사람들을 다치게 만들고 죽이게 될까 봐 두려웠다. 그것이 공포였을 뿐 다른 건 문제되지 않았다.

"상관없어, 죽는 건…… 아무래도 좋아."

혹여 99퍼센트의 위험과 1퍼센트의 성공 가능성뿐일지라도 비제이는 그것에 목숨을 걸고 싶었다. 이 전갈이 사라질 수만 있다면, 이 전갈에게서 자유로워질 수만 있다면.

"전부터 가설을 하나 세워둔 게 있었어. 하지만 실행에 옮길 수가 없어서 확신을 하지 못했었어. 그런데 얼마 전에 그걸 실행에 옮겼고 확신을 얻었어."

설명을 하는 루빈은 더 이상 어린 소년이 아니었다. 오랜 세월을 거쳐 지혜를 얻은 학자처럼 루빈은 진중한 눈빛이었다. 아무도 루빈의 말을 끊지 않았다. 루빈을 재촉하지도 않았다.

"트레저에는 마법이 안 통해. 트레저 때문에 중독된 사람에게는 해독약도 잘 안 통하는 경우가 대부분이야. 물론 안 그런 경우도 있지만, 어쨌든…… 그런데 비제이, 빅터 말이야."

"아!"

비제이가 눈을 크게 떴다.

"응, 무슨 말인지 알겠지?"

"그렇군."

레이도 고개를 끄덕였다.

"무슨 말인데?"

후딘이 인상을 찌푸렸다. 루빈이 후딘을 보며 혀를 쯧쯧 차고는 말했다.

"빅터는 트릭씨드라는 트레저 때문에 머리에 나무가 돋아났어. 그건 제초제를 아무리 뿌리고 먹여도 사라지지 않았을 거야. 하지만 결국 사라졌어. 왜 사라졌지?"

"설마…… 축복의 밀알…… 그러니까 같은 트레저인 축복의
밀알이 중화 작용을 했다는 거냐?"

"바로 그거야!"

"그렇군! 그래, 맞아. 축복의 밀알은 플러스 힘이 강한 트레
저였지. 트릭씨드는 마이너스 에너지였고."

"그렇다는 건…… 모든 덴저 트레저에는 그걸 상대할 트레
저가 존재한다는 거야. 맞지?"

비제이의 말에 루빈이 고개를 끄덕였다.

"응, 내가 읽은 책은 쓰레기 같았지만 몇 개는 맞는 것도 있
었어. 그중 하나가 스콜피언 대거에 대한 것이었어. 스콜피언
대거의 현 소유주가 누군지는 모르지만, 전 소유주에 대한 건
알려져 있잖아."

"켄시오 블렌."

"응, 그 사람은 스콜피언 대거를 이용해서 수많은 마물을 불
러냈고 그 마물들 때문에 사람들이 많이 죽었었어. 그건 기록
에도 남아 있으니까."

"그렇지."

"그런데 그 일이 갑자기 사라졌어. 켄시오 블렌이 마음을 고
쳐먹었을 리는 없고. 왜 그랬을까?"

"트레저한테 먹힌 거 아냐?"

후딘이 중얼거렸다.

“아냐, 내가 예전에 읽은 책은 누가 죽였다고 써 있었어. 누구였더라.”

비제이가 고민할 때 레이가 말했다.

“그로드.”

“그로드? 그로드 전기의 그로드? 드래곤 슬레이어 그로드 말이지?”

후딘이 생각지도 못했다는 듯 되물었다.

“야, 그로드가 진짜 실존 인물이었던 거냐? 난 그냥 동화 속에나 나오는 남자인 줄 알았는데 드래곤 슬레이어라니. 드래곤을 죽일 수 있을 리가 없잖아.”

“그로드는 실존 인물이고 드래곤 슬레이어도 맞아. 대륙 서쪽의 골드 드래곤과 서남쪽의 블랙 드래곤을 죽였지.”

“하? 진짜 있었다니……! 야, 난 전갈의 죽음을 없앨 수 있다는 것보다 그로드가 실존 인물이라는 게 더 놀랍다! 그로드가 진짜 있었다니. 믿을 수 없어.”

후딘이 고개를 절레절레 젓다가 덧붙였다.

“여자들한테 엄청 인기 많았겠네, 그 부러운 자식!”

“……”

“비제이.”

루빈이 비제이를 쳐다봤다.

“켄시오 블렌을 죽인 건 드래곤 슬레이어 그로드야.”

“……”

“그는 전설이었고 전설로만 남아 있지만…… 그는 실존했었
어. 맞지, 레이?”
“응.”
“자, 비제이. 이제 우리가 뭘 찾아야 하는지 알겠지?”
“그로드의…… 검…….”
“응.”
루빈이 웃었다.
“그로드의 검을 찾아야 돼. 켄시오 블렌을 상대했고 그를 죽
인 유일한 인간. 그가 남긴 검이라면 스콜피언 대거의 힘을 상
대할 수 있을 거야.”
“……!”
아무도 말이 없었다. 모두 비제이의 운명에 대해서 절감하
고 있었다. 언젠가는 마물로 변할 테고 그때가 되면 자신의 손
으로 친한 친구를 죽여야 한다고.
“그로드가 실존 인물이라니! 드래곤 슬레이어라니! 여자들
한테 휩싸여 살았을 거 아냐, 그 부러운 놈은!”
후딘은 여전히 충격에 휩싸여 있었다. 하지만 더 큰 충격은
그 다음에 흘러나온 루빈의 말이었다.
“그로드의 검으로 비제이를 죽여야 돼.”
벌띡!
레이가 일어나 루빈을 노려봤다.
“무슨 말을 하는 거냐, 루빈.”

"맞아, 루빈. 아무리 그래도 죽이는 건 좀 너무하지 않냐? 그럴 거라면 지금 죽이는 게 낫겠다."

"……."

비제이는 아무 말도 없었다. 루빈은 당황하지 않았다.

"그리고 다시 살릴 거야."

"신이 아닌 이상……."

"우리는 그로드의 검 말고도 신의 오른쪽 눈을 찾아야 돼."

'신의 오른쪽 눈.'

비제이도 그 트레저에 대해서는 알고 있었다.

사람들의 기억 속에서 사라진 어느 신을 만든 석상. 그 석상에는 진짜로 신이 깃든 적이 있었기 때문에 석상 자체가 트레저가 되어버렸다는 전설.

하지만 그건 전설이었다.

비제이조차 그 석상에 대한 정보를 조금도 얻을 수가 없었다.

다른 헌터들은 그 석상이 '끝없는 탑' 처럼 헌터들의 로망을 위해 만들어진 소문일 뿐이라고 했다. 물론 다른 점이 있다면 끝없는 탑은 진짜로 존재하고 석상은 존재하지 않는다는 것뿐.

어쨌든 그 석상은 커다란 보석으로 만든 눈을 가지고 있는데 그것을 신의 왼쪽 눈, 신의 오른쪽 눈이라고 불렀다.

신의 왼쪽 눈은 부귀와 평화를 가져다주며 신의 오른쪽 눈은…….

“……부활을 준다.”

비제이의 중얼거림.

루빈이 고개를 끄덕였다.

“응, 우리는 그로드의 검과 신의 오른쪽 눈을 찾아야 돼. 그 두 개가 모아졌을 때, 그로드의 검으로 비제이를 찔러서 죽이고, 그 검이 저주를 중화시켰을 때 신의 오른쪽 눈으로 비제이를 살릴 거야. 하지만……!”

루빈의 표정이 어두워졌다. 다시 열네 살의 소년으로 돌아온 루빈은 불안하다는 듯 말했다.

“잘못되면 비제이는 죽을 거야. 신의 오른쪽 눈은 단 한 번밖에 사용할 수가 없어. 그게 그 신이 신상에 깃들면서 인간을 위해 남겨둔 단 하나의 권능이거든. 다른 것에 실험해볼 수도 없고, 만약 다른 헌터가 먼저 찾아내서 사용했다면…… 다른 방법을 찾아내야 돼.”

“좋아!”

비제이가 유쾌하게 외쳤다.

“좋아, 좋아, 좋아! 어쨌든 방법이 있는 거잖아. 그게 되든 안 되든 가능성은 있잖아. 그럼 된 거 아냐? 그리고 그게 안 된다면 넌 또 다른 방법을 찾아줄 거고. 맞지?”

“어? 아…… 응! 그야 당연하지! 그때가 되면 너의 진짜 노래를 들려줘! 전갈의 죽음 때문에 음치가 됐다면서.”

"응, 좋아!"

비제이가 하프를 꺼냈다.

"가야 할 길이 정해졌어. 역시 난 최고의 루커를 얻었어. 5년 동안 단 한 번도 희망을 갖지 못했는데…… 노래하고 싶은 기분이야! 한 곡 어때?"

이번만큼은 아무도 비제이를 말리지 않았다. 비제이는 하프의 현을 켰고, 아름다운 음률이 숲을 채웠고, 비제이의 노래가 하늘에 울렸다.

잠시 후엔 후딘도 비제이의 노래를 따라 흥얼거렸고, 그 다음에는 루빈이, 마지막엔 레이까지 비제이의 노래에 합세했다. 어둔 숲속을 채운 네 명의 유쾌한 노랫소리.

그것을 깨뜨린 것은 두 명의 괴한이었다.

6장

괴한

타닥, 타닥.

고요한 숲에 장작 타는 소리.

새근새근.

그리고 네 남자의 고른 숨소리.

검은 마스크, 몸에 착 달라붙는 검은 의상을 착용한 두 그림자가 눈빛을 교환했다. 허리에 채찍을 차고 있는 그림자가 고개를 끄덕이며 들고 있던 향로를 집어넣었다.

수면향.

잘만 사용하면 반경 1킬로미터 이내의 모든 생물을 잠재울 수 있는 트레저였다. 채찍 그림자의 실력으로는 10미터 정도

밖에 재울 수 없었지만.

"아주 곯아떨어졌구만."

놀랍게도 그림자의 목소리는 가늘고 높았다. 여성의 목소리였다.

"네, 에쉴리 언니. 곯아떨어졌어요."

채찍을 든 그림자 역시 여자였다. 둘은 눈웃음을 짓고 마스크를 벗었다. 달빛 아래에 하얗게 빛나는 얼굴은 신기할 정도로 닮아 있었다.

둘은 쌍둥이 자매였다.

둘은 나무 사이를 지나 비제이 일행에게 향했다. 비제이 일행을 경계할 이유는 전혀 없었다. 앞으로 대여섯 시간은 하늘이 반쪽 나도 깨어나지 않을 테니까.

"매그, 이놈이 비제이지?"

에쉴리가 채찍을 든 소녀에게 물었다.

"아마 그럴 거예요. 검붉은 머리에 하얀 얼굴의 소년이라고 했으니까요. 그런데 되게 예쁘게 생겼네요. 어머, 언니. 애 좀 봐요. 애도 너무 예쁘게 생겼어요. 계집아이일까요?"

"이상한데? 원래 비제이 일행은 후딘이라는 계집질 좋아하는 놈팡이랑 붉은 기사랑 비제이. 이렇게 셋 아니었어?"

"네, 제 정보에 의하면 그래요. 이 여자앤 누굴까요? 귀족 같은데……."

"호위라도 맡은 모양이지. 그건 그렇고…… 천하의 마스터 헌터 비제이도 별거 없잖아? 수면향 하나에 곯아떨어진 꼴이라니. 마스터 헌터라는 게 믿어지지가 않네."

"맞아요, 언니. 게다가 너무 약해 보이는걸요. 그에 비해서 레이 님은……."

매그가 얼굴을 붉히며 레이의 옆에 쭈그리고 앉았다. 매그의 가느다란 손가락이 레이의 볼을 스쳤다.

"어쩜, 너무 아름다워요. 피부가 이렇게 곱다니…… 먼발치에서 볼 때보다 훨씬 아름다워요, 언니. 언니, 레이 님은 우리가 데리고 가면 안 될까요? 팔을 꽁꽁 묶어놓으면 검을 사용할 수도 없을 거예요. 집에 데려가서 키우고 싶어요."

"관둬. 상대는 붉은 기사야. 트레저를 사용해도 이길 수 있을지 모르겠어."

"그럼 계속 수면향으로 잠재우면 되죠. 내가 키스할 때만 깨어날 수 있게."

"남자 때문에 일을 그르칠 생각이야?"

에쉴리의 목소리가 높아졌다. 매그는 깜짝 놀라며 고개를 숙였다. 갈색, 풍성한 머리칼이 매그의 얼굴을 가렸다.

"죄, 죄송해요, 언니."

울먹거리는 매그에게 에쉴리는 차가운 표정으로 쏘아붙였다.

"남자 따위는 아무 때나 골라잡을 수 있어. 하지만 하베나이툼의 귀걸이블 얻을 수 있는 건 지금 한 번뿐이야! 비제이가 아무리 형편없어도 똑같은 수법에 또 당하진 않을 거 아냐! 그리고 오크링. 우리같이 연약한 여자들에게는 오크링이 꼭 필요해, 알겠어?"

"네, 언니."

"정신 좀 차려, 매그. 이번 일만 해결하면 우린 당분간 일하지 않고도 사치스럽게 살 수 있다구. 상상해봐. 향기 나는 욕조에서 인어의 눈물을 한 잔 기울이는 우리의 모습을. 비단으로 만든 아름다운 드레스와 루비 목걸이, 머리카락을 장식한 화려한 비녀. 네가 좋아하는 붉은 기사도 너의 아름다운 모습에 홀리고 말 거야."

"아아, 상상만 해도 황홀해요, 언니."

에쉴리와 매그는 황홀한 표정으로 먼 산을 바라봤다. 그래서 비제이의 손이 살짝 움직이는 것을 보지 못했다.

"아무튼 그건 전부 이번 일을 무사히 마쳐야만 가능한 일들이야. 그러니까 오크링이랑 하베나이툼의 귀걸이를 가지고 이 숲을 벗어날 때까지는 아니, 귀걸이를 남작의 손에 넘겨줄 때까지는 정신을 똑바로 차려야 돼. 남자 따위에게 홀려 있을 때가 아니라구."

"네, 언니. 그렇게 할게요. 하지만…… 레이 님은 정말 너무 아름다운걸요."

"뭐, 꽤 남자답게 생기긴 했군. 이 곱상한 놈에 비하면 말이야."

툭.

에쉴리가 비제이의 옆구리를 툭 찼다. 매그는 비제이가 깨어날까 봐 몸을 움츠렸지만, 비제이는 새근새근 고른 숨소리만 낼 뿐 뒤척이지도 않았다.

“걱정 마, 매그. 이놈들은 뺨을 때려도 안 일어나니까. 말 나온 김에 후려쳐볼까?”

“그럴까요, 언니?”

소리 높여 까르르 웃던 두 여자는 각각 비제이의 한쪽 뺨을 향해 세차게 손바닥을 날렸다. 그리고…….

덥석.

“……?”

“……!”

처음엔 무슨 일이 벌어진지 몰랐다. 고개를 갸웃하며 비제이를 향해 고개를 돌리던 두 사람은…….

“꺄…….”

“꺄?”

“꺄아…….”

“꺄아?”

“꺄아아아아아악!”

빙긋 웃으며 놀려대듯 따라하는 비제이의 모습에 숲이 떠나가라 비명을 질러댔다. 비제이의 뺨을 때리려던 두 여자의 손목은 비제이에게 단단히 붙들려 있었다.

둘은 손을 빼내기 위해 몸부림을 쳤지만 비제이의 힘을 이길 수가 없었다.

'어떻게 깨어난 거지?'

에쉴리가 매그에게 눈빛을 보냈다.

'모르겠어요. 수면향이 잘못된 걸까요?'

'잘못됐을 리가 없어. 잘못됐다면 붉은 기사가 깨어나 있어야 하는데, 아직 자고 있잖아.'

'그럼 도대체 뭘까요? 설마 비제이가 진짜 강한 걸까요? 우린 우습게 봤지만, 사실 마스터 헌터잖아요.'

'진짜 강할 리가 없지. 뭔가 수작을 부렸을 거야. 비열하기로 유명한 놈이니까.'

'그렇겠죠?'

'괜찮아, 나에게는 아직 향수가 있어. 셋을 세면 향수를 뿌릴 테니, 넌 잠깐 숨을 참아. 그리고 채찍으로 놈의 목을 묶어버려!'

'네, 언니!'

매그의 결의에 찬 눈빛을 확인한 에쉴리. 입으로는 계속 비명을 지르면서 비제이 모르게 왼쪽 손을 움직였다.

주머니 속에 있는 향수는 아무리 써도 그 양이 줄지 않는, '쎄씨로이'라는 트레저. 향기를 맡은 자는 매혹당해 소유자에게 충성을 맹세하게 된다.

비제이는 여전히 싱글싱글 웃고 있었다. 이 망할 놈은 아마 자신에게 위험이 닥쳤다는 것도 모를 것이다.

'형편없는 놈.'

에쉴리는 비제이 따위에게 뒤통수를 맞았다는 불쾌감에 이를 악물고 매그에게 신호를 보냈다.

'자, 셋을 세면 숨을 참아. 하나, 둘, 셋.'

치이이익!

분홍색 병에 담긴 쎄씨로이를 꺼내자마자 비제이의 얼굴에 들이대고 뿜어댔다. 이 향기는 적어도 10분간은 갈 것이다. 비제이가 10분 동안 숨을 참을 수 있다면 모르겠지만.

'이런 놈이 10분 동안 숨을 참을 수 있을 리가 없어.'

곧 비제이는 비음 섞인 목소리로 사랑을 고백하며, 에쉴리의 발에 키스를 하게 될 것이다.

'마스터 헌터가 내 발 아래 무릎을 꿇다니. 오호호호호, 영상 기억 스크롤을 준비해올 걸 그랬어.'

"아아아아앙!"

비음 섞인 목소리.

"언니, 언니. 사랑해요옹. 언니의 발에 키스하고 싶어용."

"……."

"언니, 언니! 키스하게 해주세요. 언니, 언니를 위해 제 목숨을 드릴게요."

"……지금……."

에쉴리는 비제이를 쳐다봤다. 비제이는 여전히 싱글싱글.

"……왜 네가 쎄씨로이에 당한 거야!"

"아잉, 언니. 사랑해요. 존경해용."

"……."

"쎄씨로이를 가진 쌍둥이 자매라."

비제이의 중얼거림에 흠칫 놀란 에쉴리.

'왜 이 자식은 아무렇지도 않은 거지? 무슨 수작을 부린 거야?'

"매에로군."

비틀.

"매, 매에? 그, 그게 뭐야? 그 염소 소리는?"

"맞아요! 그 염소 소리는 뭔가요? 아잉, 언니, 사랑해용."

"……."

"매에. 매그와 에쉴리를 줄여서 매에. 딱이지 않아?"

"닥쳐!"

"아하하하, 난 작명 센스가 뛰어나. 이게 예술가적 재능이라는 거겠지? 역시 하프나 키면서 살아야 할 운명인가 봐."

"지금 넌 뭔 소리를……!"

"바스티안 폰 제르디가 명한다. 매에, 무릎을 꿇어라."

털썩.

무릎을 꿇었다.

그건 놀랍지 않았다. 비제이에게 공명의 돌이 있다는 정보는 입수해놨으니까.

하지만 공명의 돌이 쎄씨로이에 홀린 매그에게까지 통한 것
은 놀라기에 충분했다.

트레저는 그보다 더 강한 상념을 지닌 트레저에게 홀린 자에
게는 영향을 미치지 못한다. 일반적으로 상대를 유혹하는 트
레저는 대부분 A급 판정을 받았다.

쎄씨로이는 A급의 트레저였다.

공명의 돌은 B급. 고작해야 남을 무릎 꿇게 만드는 트레저
는 아무 짝에도 쓸모없기 때문이다. 게다가 공명의 돌은 소유
자가 가까이 있어야만 희생자가 홀리게 된다. 그렇다는 건, 공
명의 돌로 시켜먹을 수 있는 일이라는 게 고작 집안일 따위밖
에 안 된다는 말이다.

B급 트레저인 공명의 돌로 쎄씨로이에 홀린 매그를 조정했
다는 건, 엄청난 사실이었다.

'설마……'

에쉴리의 갈색 눈동자가 파르르 떨렸다.

'설마…… 트레저를 사용하는 힘이 그만큼 강하다는 거야?
B급으로 A급을 이길 수 있을 만큼?'

그럴 리는 없다. B급으로 A급을 이기다니. 그것도 마음을
사로잡는 A급의 향수를 이기다니.

'아냐, 뭔가 수작을 부린 거야.'

에쉴리는 비제이가 사용한 비겁한 술수를 파악하기 위해 이
리저리로 눈을 굴렸다. 아는지 모르는지 비제이는 무릎 꿇은

두 사람 앞에 당당하게 일어섰다.

에쉴리는 겁에 질렸다.

이놈은 더러운 짓을 하려는 게 분명하다. 남자들은 지금껏 그래왔으니까. 여자가 조금만 마음을 놓아도 수작질을 하는 게 남자였다. 술에 취한 척하면 기회는 이때다 싶어 달려들고, 꾸벅꾸벅 졸기만 해도 가슴으로 손을 뻗는다.

에쉴리는 도끼눈을 하고 비제이를 노려봤다. 자신은 이미 더럽혀졌으니 아무래도 좋지만 순수한 매그만큼은 지켜줘야 했다.

"매그 몸에 손만 대봐. 그땐 네놈을 잘게 썰어서 오크한테 던져줄 거야!"

"아잉! 언니, 화내는 모습도 아름다워용."

"흐음."

"정말이야! 지금 무슨 수작을 부린 건진 모르겠지만 이따위 건 아무것도 아냐! 몸이 풀리는 즉시 네놈을 씹어 먹을 거야!"

"제 몸을 드리겠어용, 언니."

"와하하하하하."

"웃지 마!"

"멋있지 않냐?"

"뭐?"

비제이가 자기 양쪽 허리에 턱 손을 올리고 가슴을 쫙 폈다.

"무릎 꿇은 여자 앞에 서 있는 것도 꽤 괜찮아 보이겠는데?

이래서 후딘이 여자들이랑 같이 있으려고 그러는 건가? 나 좀 멋있어 보이지 않아?”

“미, 미친 놈…….”

“아, 루빈한테 영상 기억 스크롤이 있었지.”

주섬주섬.

루빈의 가방을 멋대로 뒤져 스크롤을 꺼낸 비제이는 스크롤을 매그, 에쉴리와 자신의 사이에 내려놨다.

에쉴리는 인상을 찌푸렸다.

‘뭐야, 설마 진짜로 남기려고? 저 스크롤, 엄청 비싼 거잖아! 몇 골드는 할 텐데…… 저렇게 비싼 스크롤을 고작 이딴 일에 쓰겠다고? 미친 거 아냐?’

에쉴리는 비제이가 무슨 생각인지를 도무지 짐작할 수가 없었다. 만약 저 이상한 놈의 생각을 짐작하는 인간이 있다면, 그 인간도 미친 인간일 게 분명하다.

“아, 역시 이 포즈보다는…… 바스티안 폰 제르디가 명한다. 매에, 한쪽 무릎을 세우고 두 손으로 나를 추앙하라.”

에쉴리와 매그는 그대로 했다.

에쉴리는 이 치욕을 견딜 수 없었다. 형편없는 애송이 따위를 칭송히는 포즈를 취하다니. 여자 헌터 중 최고의 미녀, 헌터의 꽃이라 불리는 자신들이 이런 포즈를 취해야 하다니.

“좋아! 이게 좋군. 그럼 이걸 이렇게 해서 자, 이렇게 하면.”

비제이가 영상 기억 스크롤을 만지작거렸다. 그리고 두 여자 앞에 팔짱을 낀 거만한 포즈로 섰다.

"그, 그만둬……."

에쉴리가 이를 갈았다.

"에이, 그런 표정 하면 안 되지. 바스티안 폰 제르디가 명한
다. 매에, 황홀한 표정을 지어라. 나를 최대한 존경하고 선망
하는 표정을 지어라."

매그와 에쉴리는 비제이가 명령한 표정을 지었다.

그리고 그들의 그런 모습은 11인의 현자 중 한 사람인 라이
빈 교수가 만든 값비싼 스크롤에 또렷하게 각인되었다.

"아하하하, 진짜 잘 나왔다. 에쉴리, 너도 볼래?"

"친한 척하지 마!"

성질을 내면서도 에쉴리는 흘끗 스크롤을 확인했다. 좀 전
까지만 해도 구불구불한 글씨로 채워져 있었던 스크롤에는 이
제 비제이와 쌍둥이 자매의 모습이 대신 들어가 있었다. 게다
가 끝까지 펼치면 그들의 모습이 입체적으로 떠오르기까지 했
다.

'꽤 예쁘게 나왔잖아……라는 생각을 할 때가 아니잖아!'

이제 슬슬 매그에게 걸린 쎄씨로이가 풀릴 때가 됐다. 매그
는 에쉴리와 가까이 있었기 때문에 쎄씨로이에 홀리는 일이
자주 있었다.

트레저의 힘에도 내성이라는 것이 있는지, 원래는 하루 또
는 이틀 이상 가는 쎄쎄로이의 힘이 매그에게는 몇 분 동안만

지속되었다.

'매그가 정신을 차리면 이 웃기는 포즈를 그만두고…… 어떻게 그만두지?'

"왜 우리 뒤를 따라온 거야?"

비제이는 망토를 벗어 크게 펄럭거리며 물었다. 이곳에 남은 쎄씨로이의 향기를 없애기 위해서였다.

"레이 팬이야?"

"지금 이게 무슨 짓이지? 니들 뒤를 따라온 적 없어! 지나가던 길이었다구! 얼른 날 풀어줘!"

"흐음, 너 트레저 사용을 잘 못 하는구나? 일행한테 사용한 힘도 거두지 못하는 걸 보면."

"으익!"

에쉴리의 얼굴이 붉어졌다.

비제이의 말대로였다.

트레저를 능숙하게 다루는 사람들 즉, 빅 메달 이상의 헌터들은 자기가 사용한 트레저의 힘을 어느 정도 다룰 수가 있었다. 그래서 원치 않은 사람에게 트레저의 영향을 끼쳤을 때 그걸 스스로 거두기도 했다.

하지만 에쉴리는 그렇게까지는 하지 못했다.

"쎄씨로이 주라. 그럼 네 동생을 풀려나게 해줄게."

"웃기지 마! 네놈이 늘 그딴 식으로 트레저를 훔치는 걸 모를 줄 알아?"

"훔치다니! 그게 뭔 소리래? 난 훔치는 게 아니라 정정당당
하게 사기를 치는 것뿐이야!"

"사기를 쳐서 뺏는 것도 훔치는 거지!"

"뭐, 어쨌든……."

"말 돌리지 마!"

"자꾸 그러면 이대로 놔두고 간다? 여기 가끔 오크가 나오기
도 해. 너도 알지?"

"웃기네, 이게 공명의 돌 때문이라는 걸 모를 줄 알아? 어차
피 네놈이 나랑 좀 멀어지면 공명의 돌도 영향을 끼치지 못
해."

"정말 그럴까?"

"……."

에쉴리는 확답할 수가 없었다.

비제이는 공명의 돌로 A급 쎄씨로이의 힘을 이겼다. 그렇다
면 먼 곳에서도 이 힘을 계속 유지할 수 있을지도 모른다.

"허, 허세 부리지 마!"

"허세 부리는 건 너 같은데? 아, 그래. 그럼 수면향 줄래?"

"맞아! 수면향! 왜 네놈은 잠들지 않은 거지?"

"아, 그건……."

"어, 언닛!"

그때, 매그가 트레저의 영향에서 벗어났다. 매그는 겁에 질
린 표정이었지만, 에쉴리의 포즈를 보더니 한참 동안 깔깔깔

웃었다.

"어, 언니! 언니 왜 그런 꼴로…… 어머…… 오호호호호. 죄, 죄송해요. 웃지 말아…… 오호호호호, 죄송해요. 웃지 말아야 하는데……."

"그만햇! 너라고 괜찮은 줄 알아?"

"네? 저요? 어멋! 저도 그러고 있네요? 오호호호호. 아우, 왜 이런…… 아하하하하하."

"……도대체 넌…… 왜 숨을 안 참은 거야?"

"네? 숨을요? 언니가…… 셋을 세면 크게 심호흡하고 공격 준비를 하라는 눈빛을 보냈잖아요."

"셋을 세면 숨을 참으라는 눈빛이었어!"

"아하하하. 니들, 진짜 잘 논다. 즐거워 보이는데? 이게 자매애라는 건가?"

"넌 닥쳐! 그리고 이 몸이나 좀 풀어줘!"

"뭘 믿고?"

비제이가 웃음을 거뒀다.

흠칫.

짧은 순간 비제이의 표정이 달라졌다. 단지 웃음을 거두었을 뿐인데도 비제이는 철저하게 다른 사람처럼 보였다. 냉혹한 살인마, 어린아이도 무자비하게 죽일 수 있을 것 같은 잔혹한 괴물.

부르르.

에쉴리는 저절로 몸이 떨렸다.

어릴 적 사내들에게 당할 때 두려웠던 것과는 다른 공포. 그보다는 훨씬 근원적인 공포가 에쉴리를 사로잡았다. 선 채로 기절할 것 같았다. 이가 딱딱딱 부딪쳤다. 그건 매그도 마찬가지였다.

하지만 비제이는 다시 미소를 머금었고 쌍둥이 자매는 공포에서 벗어났다. 비제이의 얼굴은 장난꾸러기, 그 이상도 이하도 아니었기 때문에 두 사람은 자신들이 왜 공포에 질렸던 건지 이해할 수가 없었다.

'아냐, 분명 비제이 때문이야. 비제이가 지었던 표정…… 난 그것 때문에 무서웠던 거야.'

매그는 처음으로 타인에게 경계심을 품었다.

비제이가 무서웠다. 비제이는 에쉴리 언니가 말한 애송이 따위가 아니었다. 애송이인 척 행동하고 있을 뿐이다.

'이 사람은 마음만 먹으면 여기 있는 모두를 죽일 수 있어. 그냥 살려둔 것뿐이야. 마왕이 제물을 죽이지 않고 살려두듯이……'

딱딱딱.

멎은 줄 알았던 떨림이 다시 시작됐다. 이가 부딪치고 심장이 쿵쿵 울려 비제이에게 들릴까 두려웠다.

두 손으로 입을 틀어막고 싶다. 비명이 나올 것 같다. 하지만 몸이 움직이지 않았다.

“넌 왜 잠들지 않은 거지? 저 대단한 붉은 기사까지 잠들었는데?”

“아, 그러고 보니 레이가 자는구나. 잘됐다. 안 그래도 레이는 좀 쉬어야 하거든. 후딘은 그만 쉬어도 되지만.”

“말 돌리지 마!”

“딱히 말 돌릴 생각은 없었어. 난 그저 수면향보다 더 강한 상념에 씌어 있어서 잠들지 않았던 것뿐이야.”

“네가…… 지금 트레저의 영향력 아래 있다구? 무슨 트레전데?”

“그건 알아서 뭐하게?”

“그야…….”

“약점으로 삼으려구요!”

매그가 당당하게 말했다.

“매그!”

“하하하하, 그렇구나! 야, 그건 나만큼 야비한 수법인데? 머리 좋다, 니들.”

“웃지 마!”

에쉴리는 비제이에게 마구 쏘아붙였다. 하지만 매그는 입을 다물고 비제이를 살펴봤다.

비제이는 두려워해야 마땅한 사람이다. 육감이 발달한 매그는 위험한 사람이나 물건이 가까이에 있으면 몸이 반응했다. 그렇기 때문에 여자 둘의 몸으로 미디엄 헌터까지 될 수 있었던 것이다.

온몸이 비제이를 위험요소로 지적했다. 그것도 지금까지 경험해보지 못한 만큼 강하게 위험 신호를 보냈다. 하지만…….

'하나도 안 무서운 사람 같아. 일부러 저렇게 행동하는 것 같지가 않아. 아깐 정말 무서웠는데…… 지금도 무섭긴 한데…… 뭐지? 왜 이런 기분인 거지?'

"어쨌든 친구들을 깨워야 하니 수면향은 좀 빌려갈게."

"비, 빌려가고 안 돌려주려는 거잖아?"

"우와! 어떻게 알았어? 진짜 똑똑하다, 너."

"이, 이 도둑놈! 이 자식! 수면향에 손만 대봐! 죽여버릴 거야! 갈가리 찢어서 오크 밥으로 던져줄 거야!"

"응, 할 수 있으면 해봐."

비제이는 여유로웠다. 에쉴리는 비제이가 얄미워서 죽을 지경이었다. 으득 으득 이를 갈며 노려봤지만 비제이는 개의치 않고 매그에게 다가갔다.

"내, 내 동생한테 손대지 마!"

"언니."

매그가 감격한 얼굴로 에쉴리를 쳐다봤다.

"알겠어. 손 안 댈게."

그러더니 나뭇가지를 들어 매그의 옷을 뒤적거리는 비제이.

"나뭇가지도 대지 말라고, 이 자식아! 넌 머리가 어떻게 된 거냐? 말귀를 못 알아들어?"

"찾았다."

비제이는 매그의 옷 속에 감춰진 손바닥 크기의 수면향을 찾아냈다. 수면향은 구리로 투박하게 만들어진 작은 향로였다. 거기에 향을 집어넣고 불을 피우면 근처에 있는 사람들이 잠들게 된다.

"실례."

비제이가 수면향을 꺼냈다.

"야! 너 거기에 불 피우기만 해봐! 너 거기에 불 피우면 죽일 거야!"

수면향에 당한 사람을 깨우려면 똑같이 수면향에 불을 붙여야 한다. 그래서 수면향에게 자신이 주인이라는 것을 알리고, 그 전에 뿜어낸 효과를 거두라고 명할 수 있다.

하지만 비제이는 수면향에 불을 붙이지 않았다.

"알겠어. 불 안 붙일게."

가볍게 대꾸한 비제이는 수면향을 손에 들고 잠들어 있는 동료들에게 다가갔다.

"어이, 이제 일어날 시간이야."

번쩍.

레이가 가장 먼저 눈을 떴다. 레이는 잠에서 깨자마자 벌떡 일어나 검을 뽑았다. 레이의 차가운 눈이 에쉴리와 매그를 노려봤다. 섬뜩한 눈빛에 에쉴리는 마른침을 삼켰다.

꿀꺽.

"어머! 레이 님! 정말 사모하고 있었어요!"

"매그!"

"하지만 언니, 레이 님이라구요. 붉은 기사 레이 님. 멀리서 뵌 적은 있지만…… 아아, 같은 공간에서 숨을 쉴 수 있다니. 이건 정말 행운이에요!"

"이게 행운으로 보여? 매그, 넌 정말 남자만 보면……!"

"무슨 짓을 한 거지?"

레이가 낮게 물었다.

"트레저에 당한 거야."

"제길, 그래서 정신 잃고 잤단 말인가? 적 앞에서? 다 죽여도 되나?"

"관둬, 물어볼 게 있거든. 어이, 후딘, 루빈 일어나."

"아 씨! 짜증나! 좀 자자! 좀!"

다음엔 루빈이 일어났고,

"하암…… 벌써 아침…… 아니, 왜 아름다운 두 여인이 나를 경배하고 있는 거지? 역시 나란 놈은…… ."

후딘이 일어났다.

"잠든 내 모습에 반한 것이오? 아름다운 두 분께 자유를 허락하겠소. 이제 그만 일어나 내게 팔짱을 끼시오."

"뭐야, 이 변태는?"

에쉴리가 버럭 외쳤다.

"그렇게 칭찬할 것 없소이다."

“칭찬 같냐? 진짜로 쑥스러워하지 말라구!”

“하하하하. 부끄러워하지 마시오, 아가씨.”

“부끄러워하긴 누가…… 제길!”

에쉴리는 자신이 이 일행에 너무 말려들었음을 깨달았다. 지금은 소리를 바락바락 지르고 있을 때가 아니었다.

붉은 기사 레이는 적에게 냉혹하기로 유명했고 비제이는 속을 알 수 없었다. 이제 저쪽 일행들이 다 깨어났으니 무슨 짓을 할지 모른다.

“비제이. 누구야, 저 여자들?”

루빈이 눈을 비비며 물었다.

“매에.”

“매에? 뭐야, 그 염소 울음소리는?”

“매그와 에쉴리야. 아, 에쉴리 쪽이 언니니까 에매가 되는 건가?”

“이상한 별명 붙이지 마! 우린 헌터의 꽃, ‘위험한 장미’라구!”

“장미…….”

장미라는 말이 나오자마자 비제이 일행의 얼굴이 어두워졌다.

“장미…….”

“그래, 확실히 위험하시…….”

“끔찍해!”

"죽여도 되냐?"

"그만둬, 레이. 물어볼 게 있다니까."

비제이가 수면향을 가죽 주머니에 챙기며 둘에게 다가왔다.

"그 수면향은……!"

"이젠 내 거. 니들도 남의 거 많이 뺏었잖아. 안 그래? 쎄씨로이를 가져가지 않은 것만으로도 감사해야지."

"……칫."

"난 이제 너희를 풀어줄 거야. 그럼 너넨 자유롭게 움직일 수 있을 거고, 넌 쎄씨로이를 뿌린 후에 매그를 데리고 도망치겠지. 맞지?"

찔끔.

"하지만 난 잠들지도 쎄씨로이에 홀리지도 않아. 그런 짓을 하면, 다시 니들 둘을 잡아다가 얼굴에 낙서를 하고 제일 큰 도시 광장에 매달아놓을 거야, 그것도 거꾸로. 어때?"

"너…… 너 비제이…… 네놈 따위가 우리를 잡을 수 있을 것 같아?"

"지금도 잡혀 있잖아."

"……."

푹!

레이의 검이 에쉴리와 매그의 사이에 꽂혔다. 레이의 검푸른 눈동자가 이글이글 타올랐다.

"죽이면 안 되냐?"

"알겠어, 레이. 수면향 따위에 절대로 당하지 않을 S급 트레저를 가져다줄게. 그럼 다시는 이런 애들한테 안 당할 거야."

에쉴리는 더 이상 말할 기운을 잃었다. 방금 전의 레이는 너무 무서웠다. 왜 사람들이 붉은 기사, 대륙의 영웅 헤레이스라 부르는지 알 수 있었다.

비제이는 잘 모르겠지만 저 남자는 언제든 자신들을 죽일 수 있다. 만약 쎄씨로이를 사용한다고 해도 언젠가는 저 남자가 자신들을 죽이고 말 것이다. 마음만 먹는다면.

"알겠어. 이거 풀어주면 안 도망칠게."

"너는?"

"전 절대 안 도망쳐요! 레이 님이랑 함께 있을 수 있는데 왜 도망쳐요? 레이 님에게 요리를 해드리고 싶어요! 레이 님, 결혼해주세요!"

후딘이 진심을 담아 말했다.

"좋겠다, 레이. 아름다운 여인의 프러포즈를 받다니."

"……닥쳐."

타닥, 타닥.

비제이가 모닥불에 장작을 넣는 동안, 루빈은 두 여자에게 의심스러운 시선을 보냈다. 매그와 루빈의 시선이 마주쳤다.

"루빈, 정말 예쁘네요. 그런데 왜 그렇게 남자아이 같은 옷을 입고 있죠? 제가 예쁜 드레스를 한번 선물하고 싶어요."

“……나, 난 남자거든? 아, 짜증나! 비제이, 나 애네 싫어!”

“하하하하, 루빈. 요 계집아이 같은 녀석.”

“닥쳐, 후딘! 죽고 싶어? 비제이, 후딘 좀 죽여줘!”

“자, 아가씨들. 이 불평쟁이 소년은 놔두고 저와 함께 별을 보러 가지 않겠습니까? 별똥별이 잘 보이는 장소를 알고 있지요.”

“난 불평쟁이 아니야! 난 불평쟁이 아니라구!”

“불평쟁이 맞아, 루빈. 게다가 동정이고.”

“후딘, 어린애한테 이상한 말 하지 마라.”

레이가 경고했다.

“아, 씨. 또 동정이라 그러네. 전부터 계속 동정이라고 놀리는데 도대체 동정이 뭔대! 회 먹으면 동정이라고 안 놀린다고 했잖아! 도대체 동정이 뭔데 회 먹어도 계속 놀리냐구!”

“동정이라는 건, 여자 경험이 전혀 없는 남자를 말하는 거야. 꼬마, 내가 여자를 좀 가르쳐 줄까?”

에쉴리가 옷을 슬쩍 아래로 내려 풍만한 가슴골을 보이게 하며 루빈에게 다가갔다.

챙.

에쉴리의 손이 하얗게 질린 루빈의 얼굴에 닿기 전, 레이의 검이 에쉴리의 목을 겨눴다.

“뒤로 물러나라, 여자.”

“…….”

에쉴리는 레이를 노려본 후 다시 자기 자리로 돌아갔다. 수치스러움에 에쉴리의 가슴까지 빨개졌다.

"저도 동정입니다, 아가씨! 저에게 여자를 가르쳐 주세요!"

퍽!

레이는 후딘의 뒤통수를 한 대 후려친 후 에쉴리와 매그를 주시하며 비제이에게 물었다.

"왜 살려두는 거냐?"

"하베나이툼의 귀컬이를 노리더라구."

흠칫.

정곡을 찔린 에쉴리와 매그가 몸을 떨었다. 루빈이 도끼눈을 하고 둘을 노려봤다.

"쟤들이 왜 핑을 노려? 핑은 내 친구야! 저런 것들한테 줄 수 없어!"

"응, 그런데 쟤들이 핑을 원하는 게 아니라 어느 남작이 원하는 것 같아. 큰돈을 주기로 한 모양이야."

"남작이? 아, 짜증나! 어떤 놈이야? 비제이, 가서 없에비려!"

"그러게, 어떤 놈일까?"

"우, 우리가 그걸 말할 줄 알아? 우리는 프로라구! 우리는……!"

푹.

에쉴리가 입을 다물었다. 레이의 검이 에쉴리의 무릎 바로

아래에 꽂혔기 때문이다. 검은 오라가 일렁이는 것 같은 착각
이 들 정도로 레이의 검에는 살기가 묻어나왔다.

"말. 해."

*   *   *

"멍청한 놈들. 우리가 진짜로 안 도망칠 줄 알았나 보지?"

"정말 멍청한 놈들이에요. 레이 님만 빼고요."

비제이 일행이 잠든 틈에 에쉴리와 매그는 도망쳤다. 숲을
가로질러 달리며 둘은 키득키득 웃었다. 수면향을 뺏기긴 했
지만 소득은 있었다.

"오크링은 잘 챙겼겠지?"

"네, 언니. 비제이 모르게 슬쩍했어요."

매그가 주머니에서 투박한 오크링을 꺼내들었다. 이름은 오
크링이지만 진짜 오크가 끼고 있던 반지는 아니다. 오크를 한
주먹으로 때려잡던 대전사 레클로의 약혼 반지였다.

"놈들은 운테 남작령으로 들어올 거야. 우리가 거기서 기다
릴 거라고는 생각 안 하겠지. 경계심을 풀고 있을 때 하베나이
툼의 귀걸이를 되찾으면 돼. 이 반지도 있으니까, 레이의 검
따위는 한 손에 부러뜨릴 수도 있고."

"레이 님의 검은 부러뜨리고 싶지 않아요, 언니."

"매그! 남자 때문에 일을 그르치지 말랬지? 어쨌든 운테 남

작에게 가서 놈들이 남작령으로 들어올 거라는 정보를 주고
숨어서 기다리자. 기다리는 동안은 편한 침대에 묵을 수 있겠
지."

*　　　*　　　*

"운테 남작령으로 가자."
이른 새벽, 나뭇가지에 앉아 하프를 켜던 비제이가 말했다.
"나는 패스. 키리반으로 갈란다. 만들어보고 싶은 것도 몇
개 있고."
후딘이 말했다.
"그럼 나도 후딘이랑 돌아갈래. 가서 그로드의 검이랑 신의
오른쪽 눈에 대해서 알아봐야겠어."
"레이, 너는?"
"아직 정보국엔 별일 없는 것 같군. 남작령으로 가지."
"비제이, 운테 남작은 '하더 왕의 검'을 가지고 있어. 조심
해."
루빈이 주의를 줬다.
남작령 근처의 갈림길에서 루빈, 후딘과 헤어졌다. 두 사람
이 멀어진 후 나머지 두 사람은 나무 뒤로 가서 변장을 시작했
다.
"그 여자들을 믿냐? 정말 운테 남작이 하베나이툼의 귀걸이

를 훔쳐오라고 시켰을까?"

"글쎄, 어쨌든 운테 남작도 과거에는 헌터였으니까 하베나 이툼의 귀걸이에 욕심을 부릴 수도 있지."

"운테 남작은 욕심이 없는 사람이었던 걸로 기억하는데."

"응, 맞아. 욕심이 없는 아저씨였어. 그런데 왜 이걸 노린 거지?"

"그 여자들을 믿는 모양이군."

"적어도 거짓말을 하는 눈빛은 아니었으니까."

"사기꾼은 사기꾼을 알아본다더니."

"누가 사기꾼인데? 걔들은 사기꾼은 아냐."

"정말 누가 사기꾼인지 몰라서 묻는 거냐?"

둘은 운테 시로 향했다. 운테 시는 남작의 영지로, 목장 산업이 발달한 곳이었다.

운테 시 성문으로 들어가는 절차는 복잡하지 않았다. 성문 안에 들어가자마자 두 사람은 사람들이 몰려 있는 것을 발견하곤 그쪽으로 다가갔다.

"이렇게 끔찍할 수가 있나?"

"정말 저런 게 우리 도시를 어슬렁거린단 말이에요? 이사를 가야 하는 거 아닐까요?"

"겁주려고 과장되게 그려놓은 거 아냐?"

"하지만…… 정말 있으면 어떻게 해요? 잠도 못 잘 것 같아요."

웅성웅성.

비제이와 레이는 사람들을 헤치고 안쪽을 살펴봤다. 그곳에는 벽보가 붙어 있었는데, 벽보에 그려진 것은 끔찍하기 그지없는 생물이었다.

얼굴을 뒤덮은 녹색 비늘과 귀 부근에 난 송곳 같은 털, 비쭉 솟아나온 긴 송곳니, 부리부리한 푸른 눈.

아무리 봐도 인간은 아니었다.

"10골드나 준다는데? 이참에 돈이나 좀 벌어볼까?"

"지불은 운테 남작이 한다는군."

"오호, 흥미진진해지는데? 레이, 너 이 괴물로 분장해볼래? 내가 널 잡아서 운테 남작한테 접근할 테니까."

"사양한다."

"왜? 재미있을 거야."

"그럼 네가 괴물을 해. 내가 사냥꾼이 될 테니. 그게 더 어울리지 않나?"

"야, 야. 이 괴물은 키가 6.4피트기 넘는내. 너랑 비슷한 키잖아."

"네놈의 다리를 뽑아서 늘려주지."

으르렁거리며 누가 괴물을 할 것인지에 대한 이견을 나누고 있을 때였다.

"비켜라, 비켜!"

"으하하하하핫! 저리들 비켜!"

시끄러운 웃음소리와 함께 주위에 몰려 있던 사람들이 옆으로 갈라섰다. 아니, 밀려서 나가떨어졌다.

"아악!"

"뭐야, 이 사람이 날 쳤어!"

"죽고 싶어?"

사람들의 아우성.

"죽고 싶은 건 니들이겠지."

"우리가 누군지 모르냐?"

"우리는 울던 새끼도 이름만 들으면 울음을 뚝 그친다는……."

"그 이름 유명한……."

"뱅커 용병단이다!"

조용.

사람들의 불평이 그친 이유는 뱅커 용병단이 정말 그 이름 그대로 유명했기 때문이었다. 뱅커 용병단은 흉폭하기로 유명했다.

도끼를 사용하는 단장 뱅커는 젊은 여자만 보면 길거리에서도 오입질을 해댔고, 부단장 히핀은 아무 데서나 독을 뿌려댔다. 뱅커 용병단의 손에 죽어나간 평민들은 손에 꼽을 수 없을 정도로 많았다.

그들이 큰돈을 뿌려 수사국을 조용히 시키지 않았더라면, 그들은 이미 감옥에서 썩고 있었을 것이다. 뱅커 용병단은 살인을 좋아하는 무리들이 모인 범죄자 집단이었다.

짝. 짝. 짝.

고요한 공간에 울리는 박수소리.

사람들이 겁에 질린 눈으로 박수를 친 사람을 쳐다봤다. 비제이였다.

뱅커가 험상궂은 눈을 부릅떴다. 키는 6피트 정도로 레이보다 작지만, 덩치가 커서 레이보다 더 크게 느껴졌다. 게다가 뱅커의 등에는 자루가 검붉은 커다란 도끼가 매달려 있었다.

자루가 검붉은 이유는 피 때문이었다. 그 도끼에 희생된 희생자들의 피.

피에 절은 도끼가 빛나는데도 비제이는 두려운 기색이 없었다.

"넌 뭔데 박수를 치고 지랄이야?"

히핀이 단장을 대신해서 외쳤다. 비제이가 유쾌하게 웃었다.

"야, 니들 진짜 딱딱 맞아떨어진다. 꼭 광대 같았어!"

"너……"

레이가 한숨을 쉬었다.

"풉……"

"어머…… 큭……"

사람들 사이에서 낮은 웃음소리가 들려왔다. 뱅커는 말없이 비제이를 노려봤다.

“연습한 거냐? 대단한데? 헬터, 우리도 저런 거 연습할까?”

비제이가 레이를 흘끗 보며 물었다. 남작 영지에서 사용할 가명은 ‘헬터’인 모양이라고 생각하며 레이는 어깨를 으쓱했다.

“알아서 해라, 푼스.”

“야, 이름이 그게 뭐야? 멋있는 이름 좀 지어달라구. 꼭 푼수 같잖아.”

비제이가 속삭였다. 레이가 엷은 미소를 지었다.

“딱 그 의미다. 똑똑하군.”

“에이 씨. 아무튼!”

비제이가 뱅커를 향해 천천히 다가갔다. 뱅커의 부리부리한 눈이 살기를 띠었다. 이곳 가까이에 있는 경비병들만 아니라면 당장이라도 도끼를 뽑을 기세였다.

비제이는 뱅커의 가슴팍을 툭툭 치며 말했다.

“몸 좋네, 뱅커. 우리는 현상금 사냥꾼 헬터와 푼트레이노 스웬슨…….”

“그냥 푼스다.”

레이가 지적했다. 조금이라도 멋있게 이름을 꾸미려던 비제이가 칫 하며 말을 이었다.

“헬터와 푼스인데, 들어본 적 있겠지?”

비제이가 거드름을 피웠고 일곱 명으로 구성된 뱅커 헌터단은 ‘이건 또 웬 세상 물정 모르는 애송이야?’라는 표정으로 비제이를 쳐다봤다.

"으하하하. 그래, 그래. 사인이라도 받고 싶겠지. 다 알아. 우리가 지금까지 잡은 흉악범들은 손에 꼽을 수도 없거든. 사인해줄까?"

"죽고 싶냐?"

"하하하하하, 죽도록 부럽다구? 알아, 알아."

우득.

뱅커가 주먹을 꽉 쥐고 비제이를 노려봤다. 다른 단원들은 무기 꺼낼 준비를 하고 있었다. 그런데도 비제이는 계속 거드름을 피웠다.

"어쨌든 뱅커, 이 괴물은 우리 차지다. 손댈 생각하지 마, 뱅커. 뭐, 그래. 너희 같은 초짜들은 우리가 괴물 잡는 걸 보고 싶겠지? 원한다면 괴물 잡는 데에 데리고 가주지. 우리는 저기 저곳."

비제이가 뱅커의 어깨 너머로 여관을 가리켰다.

"저 여관에 묵을 기다. 오늘은 푹 자둬라. 내일 밤에 사냥에 나설 테니까. 아, 뱅키, 뱅기, 뱅커. 긴장하지 마. 너희들을 놔두고 가진 않을 테니. 헬터, 가자."

원맨쇼를 멋지게 완성한 비제이는 놀라서 입을 쩍 벌린 사람들을 헤치고 여관을 향해 걸어갔다. 레이는 한숨을 푹 쉬며 비제이의 뒤를 따랐다.

"단장, 저놈들. 그냥 보낼 거유?"

으득.

뱅커가 이를 갈았다.

“그냥 보낼 거냐고? 그럴 리가. 지금은 보는 눈이 많다. 저 애송이들이 어디에 묵을지 알았으니 그걸로 됐다. 오늘 밤, 마음껏 즐기게 해주마.”

“크하하하하, 저런 애송이 두 놈 죽인다고 즐길 기분이나 되겠수?”

“걱정하지 마. 오늘 밤엔 피에 흠뻑 취하게 해줄 테니까.”

7장

현상금 사냥꾼 헬터 & 푼스

“비제이. 넌 대체 왜 그렇게 분란거리를 만드는 거지?”

“아하하하, 재밌잖아. 레이, 이 고기 맛있어. 먹어봐.”

“저놈들은 증거가 없어서 수사국에서도 손대지 못하는 놈들이야. 이번 기회에 현장을 봐뒀다가 체포하려고 했더니.”

“체포라니, 그 정도로 되겠어? 쟤들 손에 죽어나간 게 몇 명인 줄 알아? 난 저번에 어떤 마을에서 저놈 손에 죽은 어린애들 시체를 봤다구. 정말 끔찍했지.”

그 마을은 조용하고 평화로웠다. 관료들의 등살에 시달리지도 않아 사람들은 순박하고 정이 많았다.

처음에는 트레저를 찾으러 가는 길에 한 번 들렀다. 두 번째
는 돌아오는 길에 들렀고 세 번째는 여행 차 들렀다. 그리고
네 번째 들렀을 때 그 마을은 더 이상 평화롭지 않았다.

공터에서 몰려다니며 냄비를 뒤집어쓰고 전쟁놀이를 하던
어린애들은 비제이와 친했다. 비제이도 이 마을에 들를 때마
다 아이들과 함께 대전투를 펼치곤 했다.

몇 명은 나무 위에 올려놓고 놀려주기도 했고 근처에 있는
시냇가에서 가재도 잡았다. 고블린 둥지를 찾으러 모험놀이를
떠나기도 했었다.

그 생생하고 밝은 즐거움은 비제이의 어린 날을 떠오르게 만
들었다. 비제이가 살던 곳도 이 마을 같았다. 이 마을보다 훨
씬 크고 넓고 번화하긴 했었지만.

비제이는 그 아이들에게 어린 날의 친구들을 담았고, 그 마
을에 어린 날의 추억을 담았다.

그러던 것이 산산이 부서졌다.

아이들은 신나게 놀던 그 공터에 죽어 있었다.

찰스(비제이가 그 동네에서 사용하던 가명이었다.) 오빠의 부인
이 될 거라고 말하던 여자아이도, 그 여자아이를 좋아해서 비
제이에게 싸움을 걸어왔던 남자아이도, 커서 커다란 나무가
될 거라는 이상한 소리를 하던 멍한 여자아이도, 누구보다도
칼질을 잘했던 남자아이도.

짧은 순간이나마 비제이의 마음을 따뜻하게 해주었던 그 아

이들이 갈가리 찢겨 너부러진 모습. 공기에 실린 서글픈 피비린내.

그것 역시 과거를 떠오르게 만들었다.

역사가 반복되는 것처럼 벌어진 일은 비제이를 분노하게 했다. 비제이는 이 평화로운 마을을 무덤으로 만들어버린 놈들을 용서할 수 없었다.

고깃덩이가 되어버린 아이들을 끌어안고 울부짖는 마을 사람들의 등에 대고 비제이는 약속했다.

'언젠가 그놈들을 보게 된다면 차라리 죽고 싶어지게 만들어줄게.'

비제이가 손에 들고 있던 돼지다리를 내려놨다. 검붉은 눈동자가 차갑게 빛났다.

"나랑 나중에 결혼하기로 약속했던 아이가 있었는데 그놈들은 그 애한테…… 무슨 짓을 했는지 믿기 힘들 거야. 그 애는 고작 아홉 살이었어! 단지 체포해서 감옥에 가두는 걸로는 성이 안 차."

"사형당할 거다."

"사형? 목 베서 죽이는 거? 그 잠깐의 고통으로 끝내겠다고? 아니, 그건 아니지. 그놈들은 내 장래의 마누라한테 손댄 거거든."

"비제이, 너……."

"근데 이 고기 진짜 맛있네. 운테 시에 와보는 건 처음인데. 앞으로는 자주 좀 와야겠어. 여기 맥주요!"

얼마 전에 성인식을 치른 비제이는 보란 듯이 맥주를 시켰다.

"하아, 그래. 네 멋대로 해라. 하고 싶은 거 다 해버려."

레이가 비제이를 포기했다.

"응, 그래서 말인데. 레이, 내가 널 좀……."

"괴물 분장이라면 사양한다고 했을 텐데."

"칫. 아, 여기요. 돼지다리구이랑 닭구이 좀 하나씩 더 포장해주세요."

비제이와 레이는 포장 음식을 들고 식당을 나왔다. 거리의 사람들이 흘끗 흘끗 두 사람을 쳐다봤다. 감히 뱅커 용병단을 도발한 현상금 사냥꾼 '헬터와 푼스'의 얼굴을 구경하기 위해서였다.

그들 눈에 헬터와 푼스는 '바보'처럼 보였다.

허름한 옷차림에 손질하지 않은 더벅머리, 검사라는 걸 증명하려는 듯 들고 있는 싸구려 검, 껄렁거리는 행동거지(물론 푼스만), 어느 하나 '대단한' 현상금 사냥꾼처럼 보이는 구석이 없었다.

"사기꾼일 거야."

"맞아, 저런 칼로 생선이나 썰 수 있겠어?"

"아깐 허세였겠지. 지들이 죽을 줄도 모르고 거드름피우는 것 좀 봐.”

“불쌍해. 내일이면 저 사람들 시체를 발견하게 되겠지?”

“불쌍하긴. 뱅커 용병단이나 저놈들이나 나쁜 놈이긴 마찬가지야. 어디서 사기를 치고 다녀?”

대륙의 영웅에서 사기꾼으로 전락한 레이는 심기가 불편했다. 헬터&푼스가 바보라고 생각한 몇몇 장사꾼들은 오히려 두 사람에게 사기를 치려고 들었다.

“이보게, 점을 볼 생각 없는가? 운명의 검은 그림자를 알고 싶지 않아?”

“형들, 이게 바로 세이렌이 즐겨 사용하는 무기예요. 평범해 보이지만 진짜 위기의 순간에 비명을 질러서 알려준대요.”

“보석 안 사시렵니까? 보석이요. 세상에 딱 하나밖에 없는 보석입니다요. 잘생긴 용사님들께 저렴한 값에 넘기겠습니다. 2실버 어떤가요?”

“이 약초로 말씀드릴 것 같으면, 먹으면 힘이 두 배가 되며 그 어떤 상처라도 치료할 수 있는 불로초! 아무 데서나 구할 수 있는 게 아닙니다요. 단 돈 1실버에 모시겠습니다. 한 뿌리에 1실버. 전설의 불로초를 얻으실 기회입니다.”

레이의 표정이 점점 굳어갔다. 하지만 비제이는 신이 났다.

“불로초라구요? 이야, 세상에 하나밖에 없는 보석이라니! 세이렌의 단검? 운명이요? 운명, 알고 싶죠!”

“비제이……”

"와하하하, 이 동네 최고인데? 내 노래도 통할 것 같아!"

"관둬라. 돌팔매질 당하기 싫으면."

"봐봐, 레이. 식당에서 여관까지 가는데 사기꾼을 일곱 명이나 만났어! 나, 아무래도 여기서 살아야 할까 봐. 난 여기서 저들의 왕으로 군림할 수 있어."

"그러시겠지."

여관은 나무로 지은 3층 건물로 깨끗한 외관이 돋보였다. 나무문을 열자마자 호통소리가 두 사람을 맞이했다.

"이놈들! 당장 여기서 꺼져!"

여관 주인은 덩치가 크고 하얀 수염을 가슴까지 기른 건장한 노인이었다. 젊을 적 싸움 좀 했는지 얼굴에 큼지막한 흉터가 있었다.

"우리 여관은 전통이 있는 여관이야! 네놈들 같은 사기꾼들은 받아줄 수 없다! 썩 꺼져!"

"훔스 할아버지, 그만하세요."

손녀로 보이는 젊은 여자가 훔스라는 이름의 여관 주인을 말리려 했지만 훔스는 고함을 멈추지 않았다.

"엘다, 넌 가만있어라. 자그마치 30년의 전통을 자랑하는 여관이다. 지금까지 유명하고 고귀한 분들이 많이 묵어갔지. 현 대륙의 영웅, 붉은 기사 헤레이스 님께서도 이곳에 하루 머무른 적이 있으셨지! 그 고귀한 명성을 네놈들 따위로 더럽힐 수는 없어!"

비제이가 레이에게 눈짓을 보냈다.

'머문 적 있어?'

'응.'

"훔스 할아버지. 여관은 지친 여행객들에게 편한 침대를 제공해줄 때 고귀해지는 거예요. 저 사람들, 굉장히 지쳐 보이잖아요."

엘다의 말에 비제이와 레이는 어깨를 축 늘어뜨리고 한껏 지친 모습을 꾸며냈다.

"엘다! 저놈들이 밖에서 무슨 짓을 했는지 못 들었느냐?"

"뱅커 용병단한테 한 방 먹여준 거요? 전 아주 속이 시원하던데요? 그놈들, 나쁜 놈들이잖아요."

"그놈들도 나쁜 놈들이지만, 저놈들도 나빠! 어디서 사기를 쳐. 뱅커 용병단이 이 여관에 해코지라도 하면 어쩔 생각이냐, 응? 그놈들은 너처럼 예쁜 여자아이를 가만 놔두지 않을 게야."

"걱정 마, 할아범."

"고얀 놈! 어디서 반말을 지껄여?"

"하하하. 괜찮아, 괜찮아. 난 강해. 뱅커 용병단은 할아범한테도 엘다한테도 해코지할 수 없을 거야."

"내 손녀 이름을 함부로 부르지 마! 그리고 썩 꺼져!"

"돼지다리구이 같이 먹을래? 아니면 맥주?"

"네놈! 내가 그딴 것에 넘어갈 것 같으냐? 그리고 왜 자꾸 반

말을 지껄여?"

"그럼…… 인어의 눈물은 어때? 이것도 거부할 수 있겠어?"

비제이가 가죽 주머니에서 아름다운 빛깔을 내는 술병을 꺼내들었다. 레이가 작은 목소리로 물었다.

"어디서 났냐?"

"아베트로한테 몇 병 있길래 한 병 얻어왔어."

"훔쳐온 거겠지."

"친구잖아, 친구."

인어의 눈물은 먹혔다. 평민들은 감히 구경도 할 수 없는 값비싼 술이다. 게다가 비싼 만큼 색깔도 아름답고 맛도 좋다. 술 좋아하는 사람들은,

"죽기 전에 인어의 눈물을 맛볼 수 있었으면."

이라고 중얼거리는 게 말버릇이 되어버릴 정도니 훔스가 안 넘어갈 리 없었다.

꿀꺽.

훔스가 침을 삼켰다.

찰랑.

비제이가 병을 흔들자 안에 든 술이 흔들리며 황금빛으로 빛났다.

"부……."

훔스의 몸이 부들부들 떨렸다.

"불가!"

"할아버지!"

"그, 그따위 술 때문에 손녀를 위험에 처하게 할 순 없지! 네 놈들은 당장 이 여관에서 나가줘야겠다!"

"할아범, 나 강하다니까. 난 그 이름도 유명한 푼스라구. 이쪽은 헬터구."

"그딴 이름은 들어본 적도 없다, 이눔아!"

"이런 시골 마을에 틀어박혀 있으니까 못 듣지! 수도에만 가도 우리 이름이 빛난다구."

"이, 이 어린놈이 어디서 말대꾸야! 구정물 퍼붓기 전에 얼른 나가!"

"좋아, 할아범. 말해봐. 뭘 원해?"

"천 골드를 줘도 못 들어온다, 이눔 자식아!"

"어차피 천 골드도 없어. 할아범은 우리가 약해서 뱅커한테 질까 봐 그러는 거잖아."

"누가 네놈들 같은 사기꾼을 걱정이나 한대?"

"할아범 마음 다 알아. 그래서 어떻게 보여줄까? 우리가 강하다는 거."

비제이와 레이가 여관을 나왔다. 아펠론의 태양이 밝게 빛나고 있었다.

"네놈이 괜한 짓만 하지 않았어도 편하게 묵을 수 있었다."

사기꾼 취급 받으며 쫓겨난 레이가 투덜거렸다. 붉은 기사 헤레이스라고 하면, 그 이름만으로도 가장 좋은 저택에 대가 없이 묵을 수 있다. 어쩌다 비제이 같은 놈과 엮여서 이 고생인지 모르겠다.

"헬터, 자고로 성인 남자란 말이지. 편한 것만을 추구해서는 안 되는 거야."

"얼마 전에 성인식을 치른 꼬맹이 주제에."

"난 자라는 중이야. 조만간 네 두 배는 커질걸?"

"그럼 괴물이 되겠군."

"저기요. 헬터 님, 푼스 님."

엘다가 두 사람을 따라왔다. 훔스가 손녀 걱정을 하는 게 이상하지 않을 만큼 엘다는 사랑스러웠다. 새치름한 눈은 고양이 같았고 아직 젖살이 빠지지 않은 볼은 매끄러웠다. 군살 없는 호리호리한 몸매에 화장을 하지 않았어도 아름다운 얼굴은 수도에 나가도 먹힐 외모였다.

"저희 할아버지 때문에 어려운 일을 하게 되셨네요. 죄송해요. 안 그래도 얼마 전에 영주님이 절 사려고 했거든요."

엘다가 치맛자락을 잡아 뜯으며 말했다.

"영주님? 운테 헬로판 남작……님 말인가?"

레이가 어렵사리 존칭을 사용했다. 어쨌든 지금의 레이는 사기꾼 사냥꾼 '헬터' 니까.

"자세히 좀 듣고 싶은데?"

비제이가 물었다. 엘다는 잠시 망설였지만 내쫓긴 손님들에게 미안한 마음이 들어 어렵게 입을 열었다.

"재작년에 영주님께서 대대적으로 하녀를 모으셨어요. 워낙 좋으신 분인 데다가 영주님 동생분이 매력적이기도 하고 조건도 좋아서, 다른 마을에서까지 하녀가 되기 위해 여기로 몰려들었어요. 계약금 1골드에 한 달마다 10실버씩이나 준다는 조건이었거든요."

"파격적이네?"

1골드면 평민 네 식구가 1년 동안 먹고 살 수 있는 돈이다. 10실버는 그 10분의 1이었다. 아무리 마음 좋은 영주라도, 이상하게 생각될 정도로 좋은 조건이었다. 그리고 훔스는 그 조건을 이상하게 생각할 만큼 머리가 좋았다.

"할아버지는 수상하다고 했어요. 백작님이나 후작님들도 그런 큰돈을 주지는 않는다면서, 너무 좋은 조건은 의심을 해봐야 한다면서."

"그래서? 무슨 일이라도 있었어?"

"네? 아, 아뇨. 아무 일도 없었어요. 가끔 하녀들이 시장에 뭘 사러 나올 때가 있었는데 나늘 행복해 보였고 몸에 싱처도 없었어요."

"단지."

"네?"

"단지……라는 말이 붙을 만한 뭔가가 있었을 것 같아서. 아냐?"

“아…… 있었어요. 단지…… 물론 그냥 저랑 할아버지가 너무 나쁘게만 생각한 것일 수도 있는데…….”

“응, 괜찮아. 말해봐.”

엘다는 열심히 이상하게 생각하는 부분에 대해서 설명했다. 이야기가 끝난 후, 비제이와 레이를 쳐다봤다. 두 사람이 뭔가 답을 줄지도 모른다는 기대 때문이었다. 하지만 비제이도 레이도 아무 말 없었다. 뭐가 이상한 건지 정말 모르겠다는 듯.

‘할아버지 말대로 그냥 사기꾼인가 봐.’

엘다는 실망했다. 하지만 그들은 여관에 묵기 위해 찾아온 지친 여행자. 엘다는 항상 손님들을 좋게 생각하려고 노력했다.

“손님들, 할아버지는 심술을 부리신 거예요. 늪의 오크를 오늘 밤까지 잡아오라니. 그 늪에 가는 시간만 해도 반나절이 넘게 걸려요. 게다가 그 주위에는 고블린 부락도 있고 트롤을 봤다는 사람도 있고.”

‘기사 세 명이 달라붙어도 이기기 힘든 오크를 당신들 둘이서 잡을 수는 없어요.’

라는 말은 덧붙이지 않았다.

“다른 여관을 소개해드릴게요. 제가 소개했다는 말을 들으면 아마 받아줄 거예요.”

“괜찮아, 괜찮아. 그저 오크 한 마리 잡는 거잖아. 난 강하거든. 기다리고 있어. 저녁 먹을 시간에 맞춰서 올게.”

저녁 먹을 시간? 늪에 도착했을 때 이미 해가 졌을 텐데.

'아니, 이 사람들이 늪에 도착이나 할 수 있을까?'

엘다는 걱정스러웠지만 더 이상 그들을 말릴 수가 없었다. 아무리 봐도 사기꾼인 현상금 사냥꾼 헬터와 푼스는 느긋하게 걸어갔지만, 엘다의 눈에는 그들이 줄행랑을 치는 것으로밖에 안 보였다.

"엘다가 말한 거, 확실히 이상하지?"

"응."

둘은 나란히 서서 성문으로 향했다.

"어라? 저거 현상금 사냥꾼이라는 헬터와 푼스 아니야?"

"뱅커 용병단을 건들더니 무서워서 도망치는 건가?"

"그래, 그래. 안 잡을 테니까 꽁지가 빠지게 도망쳐보라구."

"으하하하하하."

"병신들."

성문을 지키던 경비병들이 두 사람을 조롱했다. 둘은 아무것도 안 들리는 척 성문을 지나쳤다.

"크히하하, 저것들은 고추도 없나? 화도 안 내잖아."

"저 검으로 물이나 벨 수 있겠어? 공갈쳤다가 안 먹힐 것 같으니 검도 못 뽑는 거지."

"뱅커도 뱅커지만, 저런 사기꾼 놈들도 확 다 잡아버려야 돼."

"검도 못 들게 만들어줄까? 엉? 어이, 헬터, 푼스. 귀가 먹었냐? 덤벼봐. 응? 사내라면 덤벼보라구."

"뒤도 안 돌아보는데? 아주 단단히 겁에 질렸군."

"푸하하하하하. 퉤. 다시는 오지 마라, 이 사기꾼 놈들아!"

비제이와 레이의 모습이 멀어질 때까지, 경비병들은 한참 동안 그들을 욕했다. 조용한 운테 시에서 그나마 재미있는 놀림감이었기 때문이다.

그러다 경비병들은 뭔가를 깨달았다.

"어이, 저놈들이 걸어간 방향…… 오크 늪이 있는 방향 아냐?"

그들은 서로의 눈을 쳐다봤고 곧 웃음을 터뜨렸다.

"하하하핫! 또 공갈칠 거리를 가지고 올 모양이지."

"맞아, 맞아. 설마 진짜로 오크를 잡으러 갔겠어? 오줌 질질 싸면서 도망이나 안 치면 다행이지."

"하하하하하하."

왁자지껄한 웃음소리를 뒤로 하고 걸어가며 비제이는 계속 말을 이었다.

"큰돈을 주고 하녀들을 모았다……는 것도 이상한데……."

"그 하녀들 중에 반 이상이 주인의 물건을 훔쳤다."

"……는 건 더욱더 이상하지. 아무리 주인 물건이 탐나도 한 달에 10실버잖아. 물건 하나 훔쳐서 고향으로 돌아가느니, 몇 년 동안 열심히 일하는 게 낫다는 걸 그 여자들도 알았을 텐데 말이야."

"1년이면 1골드 20실버. 1년만 일해도 그만큼 벌 수 있는데 고작 금 촛대 하나를 훔쳤다라……."

"그리고 쫓겨났고 말이야."

"그 뒤가 더 이상하지."

"제나라는 애가 있었어요. 시장에서 자주 만나서 수다 떨고 그런 사이였거든요. 아주 친한 건 아니었지만, 제나는 아주 정직한 애였어요. 그런데 그 애가 영주님의 지갑을 훔쳐서 쫓겨났어요. 제가 사람을 잘못 봤나 보다, 그렇게 생각하고 있었는데…… 몇 달 후에 제나의 아버지가 마을로 찾아왔어요. 그 애가 잘 있는지 궁금하다고."

하지만 제나의 아버지는 제나를 만날 수 없었다. 운테 남작의 저택에서 일하는 사람들은 '그런 애는 이 저택에서 고용한 적 없다.'라고 딱 잘라 말했다.

"너무 이상한 거예요. 전 분명 그 저택의 하녀들이랑 같이 시장으로 나오는 제나를 만난 적 있거든요. 우리 할아버지도 제나를 만난 적이 있구요. 우리의 기억이 잘못된 게 아니라면…… 도대체 무슨 일이 일어나는 걸까요?"

“게다가 남작은 내 하베나이툼의 귀걸이를 필요로 하고 있
어. 하베나이툼의 귀걸이는 S급과 A급 사이에 있는 트레저이
긴 하지만, 핑을 불러낸다는 것 빼고는 특별한 힘이 없어. 핑
이 마법을 쓸 줄 아는 것도 아니고. 처음엔 꽤 많이들 관심을
보이긴 했는데, 요샌 덴저 트레저 열풍이잖아. 길드에서도 덴
저 트레저를 더 비싼 값에 쳐주고. 이제는 딱히 이 귀걸이를
노릴 이유도 없는데 말이야. 대체 남작의 목적은 뭐지?”
　“오크 늪엔 어떻게 갈 생각이냐?”
　“어이, 레이. 내가 방금 되게 긴 이야기를 한 것 같은데……
못 들었냐?”
　“거기까지는 반나절 이상 걸린다. 스크롤 쓸 거냐?”
　“뭐야, 레이. 너 사기꾼 취급 받아서 삐쳤냐? 널 놀려대는
사람들 때문에 화가 나?”
　“너 때문에 화가 난다, 비제이. 뭐하러 일을 이렇게 어렵게
만들지? 남작 저택에 가서 조사하면 그만 아냐?”
　“레이, 레이, 레이.”
비제이가 검지를 가로로 저으며 딱하다는 듯 말했다.
　“운테 남작은 과거에 익스퍼러 메달을 받은 헌터였어. 그게
무슨 뜻인지 모르겠냐?”
　“또 훔치게?”
　“훔치다니! 정직을 좌우명 삼아 밝은 태양 아래를 살아가는
남자 비제이에게 무슨 그런 서운한 말씀을.”

"사기를 발판 삼아 어둠 속을 헤매고 다니는 난봉꾼 비제이 겠지."

"난 아주 부드러운 분위기 속에서 트레저를 양도받을 생각 이야."

"참도 그러겠군."

"운테 헬로판이 가진 트레저 중에 하더왕의 검이 있다는 말 은 들었지?"

"……"

"과거에 대륙을 지배했던 하더 왕의 검이야. 붉은 기사 아무 개 씨는 아마 하더 왕을 굉장히 존경한다지? 하아더어 와아아 앙."

레이의 눈동자가 흔들렸다. 비제이가 씩 웃으며 말했다.

"그 검은 너한테 넘길게."

"내가 오크 늪의 좌표를 알고 있다. 서두르자."

레이는 문득 깨달았다. 비제이가 사용하는 스크롤은 굉장히 비싼 거였다. 4인용 텔레포트 스크롤이라는 것도 굉장한데 왕 복 스크롤이기까지 했다.

"이거…… 루빈 거 아니냐?"

"응? 무슨 말인지 모르겠는데?"

비제이는 대수롭잖게 대꾸하며 주위를 둘러봤다. 몇백 년은 되어 보이는 거대한 나무들이 숲을 이루어 어두컴컴했다. 햇

빛 한 조각 통과시키지 않는 빽빽한 나뭇가지와 질척질척한
기분 나쁜 흙, 나무줄기 아래에 돋은 현란한 색깔의 버섯과 정
체불명의 갈색 풀.

"앗! 덤쉬룸이다! 안 그래도 필요했었는데."

비제이는 녹색과 분홍색, 그리고 빨간색이 섞인 누가 봐도
독버섯으로 보이는 커다란 버섯 하나를 뜯어냈다.

덤쉬룸은 환각 버섯의 일종으로 먹게 되면 한동안 말을 못하
고 환각에 빠지며, 복통과 설사에 시달리게 된다. 그리고 충분
한 휴식과 약을 취하지 않으면 죽게 되는 무서운 독버섯이었
다.

"여기 좋다. 독버섯에, 독초에…… 오오, 약초도 있어!"

비제이는 신나서 여기저기 돌아다니며 버섯과 풀을 뜯어 넣
었다. 어둠 속에서 크르르 짐승의 소리가 들려왔지만 상관하
지 않았다.

"비제이! 오늘은 제대로 얘기 좀 해보자. 다른 놈들 거 슬쩍
하는 건 아무래도 좋지만, 그건 루빈 거다. 친구 물건에도 손
대는 거냐?"

"라이빈 교수가 루빈한테 그걸 준 이유가 뭔지 아냐? 비제이
에게 유용하게 쓰일지도 모르기 때문이거든. 그러니까 그건
곧 내 거."

"라이빈 교수는 루빈이 위험에 처했을 때 사용하라고 그것
들을 만들어 준 거다. 만약 루빈이 곤란한 상황에 처했는데 그

게 없어졌다는 걸 알면 어쩌겠냐?"

"더 좋은 걸 넣어주고 왔다구."

"그래도 넌 가져오기 전에 루빈한테 말했어야 했다. 남의 거 슬쩍하는 버릇 고쳐라. 돈도 많으면서."

"슬쩍하는 게 아니라 빌린 거라니까. 루빈한테는 이 스크롤보다 더 좋은 걸로 보상을 할 거라구. 너한테도 하더 왕의 검을 줄 거고."

"하더 왕의 검이 문제가 아냐. 오늘 일도 그래. 뱅커 놈에게 복수를 하고 싶으면 조용히 해도 됐을 거다. 왜 굳이 사람들 시선에 띄는 짓을 하지."

"그야 난 예술인이잖아. 원래 예술가는 눈에 띄고 싶어 하는 법이고."

"자꾸 말 돌릴 거냐?"

"레이, 너 진짜 까칠하다? 배고프냐?"

"내가 넌 줄 아냐?"

비제이가 레이를 노려봤다. 레이 역시 비제이를 노려봤다.

"생각해 보면 네놈은 항상 날 귀찮게 했지."

"너도 날 귀찮게 했어. 술 못 마시게 했잖아!"

"성인식을 치르기 전이었으니까 그렇지."

"한 판 뜰까?"

"흥, 네놈이 날 이길 수 있을 것 같냐? 너에게 검술을 가르쳐 준 게 누군지 잊은 모양이지?"

“말이 많다, 레이. 자고로 사내란 말할 땐 입을 다물어주는 거야.”

“그 말, 그대로 돌려주지. 오늘에야말로 네놈의 슬쩍하는 버릇을 고쳐주마.”

비제이가 주먹을 꽉 쥐었고 레이가 검을 뽑아들려고 할 때였다.

부스럭.

인간의 냄새를 맡고 어슬렁거리던 오크가 등장했다.

“크어어엉!”

12피트가 훨씬 넘는 오크는 비제이의 키 정도 되는 크기의 방망이를 휘두르며 둘을 위협했다. 비제이와 레이는 눈을 맞췄고 곧 미소를 지었다.

“기분도 안 좋은데 잘 걸렸다, 이 자식아.”

“조각을 내주지.”

“크엉?”

*　　　*　　　*

낄낄거리며 헬터&푼스를 씹어대던 경비병들은 저 멀리서 걸어오는 두 사람의 모습에 입을 다물었다. 그리고 두 사람이 점점 가까워지자 경비병들은 입을 쩍 벌렸다.

둘의 모습은 처참했다. 피투성이. 하지만 그 피는 두 사람의 피가 아니었다. 둘에게 끌려오는 오크의 피였다.

오크야말로 처참했다. 날카로운 검으로도 생채기 하나 내기 힘든 단단한 피부는 잔인하게 썰렸고, 얼굴은 뭉개졌으며 팔 하나가 잘려나갔다. 비제이와 레이는 오크의 다리를 각각 한 쪽씩 붙잡고 천천히 걸어왔다.

질질 끌려오는 오크는 이미 죽은 고깃덩이. 경비병들은 그들이 가짜를 만들어냈을 거라고 생각했지만 가까이에서 본 오크는 가짜가 아니었다.

아니, 경비병들은 오크를 실제로 본 적도 없었기 때문에 가짜인지 진짜인지 구별할 수도 없었다. 단지 그 끔찍한 외모와 악취 때문에 진짜 오크일 거라고 판단했을 뿐이다.

경비병들은 숨이 멎기 직전이었다.

비제이와 레이는 성문을 나선 지 채 세 시간도 되지 않아 오크를 잡아왔다. 그것도 단둘이서.

오크는 기사들 몇 명이 달라붙어도 이기기 힘든 몬스터다. 한 주먹으로 집 한 채를 부술 수 있는 파워도 그렇지만, 피부가 강철보다 단단하고 질겨서 상처를 입힐 수 없는 까닭이다.

그런데 지금 눈앞의 오크는 갈기갈기 찢겨 있었다. 자신들이 사기꾼이라고 놀려댄 두 애송이 놈들은 오크의 강한 피부를 두부 썰듯 잘라버렸다.

"그…… 그…… 그건……."

그중에 용기 있는 경비병이 앞으로 나섰다. 성문에 들어서던 비제이와 레이가 걸음을 멈추고 경비병을 노려봤다.

찔끔.

경비병은 오줌을 지릴 것만 같았다. 두 사람의 눈빛이 너무 강렬했다.

"오크다."

"문제 있어?"

"아, 아, 아니…… 저…… 마을에 그런 걸 가지고…… 들어가면……."

"안 된다고?"

"아, 아닙니다. 아닙니다."

경비병이 얼른 옆으로 비켜섰다.

"꺄아아아악!"

"저, 저, 저 괴물은 뭐지?"

"으악!"

사람들이 난리가 났다. 그들 중에 실제로 오크를 목격한 사람이 몇이나 되겠는가. 끔찍한 생김새와 악취에 비명을 지르면서도 사람들은 구경을 하기 위해 몰려들었다.

거리는 순식간에 북적거렸다.

"저 사람들…… 아까 뱅커 용병단한테 시비를 걸던 사람들 아냐? 헬터랑 푼수라고 했던가?"

"푼스예요, 푼스. 현상금 사냥꾼이라고 하던데."

"사기꾼인 줄 알았더니 진짜 강하잖아. 저거 오크 맞지? 오크는 오러를 사용할 줄 모르면 벨 수 없다고 하던데.”

“마법도 잘 안 통한다면서요.”

“신기하다. 오크를 보는 건 처음이야. 상상했던 것보다 더 징그럽잖아.”

“어쩜 저렇게 크지?”

사람들의 속삭임을 들으며 비제이와 레이는 걸음을 옮겼다. 비제이가 레이를 흘끗 쳐다보며 웃었다.

“어때? 다시 영웅이 된 기분이?”

“오크 한 마리 죽인 걸로 영웅 행세라니 추접하군. 비제이나 할 짓이야.”

“히히히, 그래도 재밌지? 이 기분을 노래로 표현해줄까?”

“제발 관둬. 그냥 애초에 묻지도 마라.”

훔스와 엘다는 자기 눈으로 보고도 믿지 못하겠다는 표정이었다. 아무 말도 못 하고 입만 어버버 하는 두 사람에게 비제이가 물었다.

“이제 여관에서 묵을 수 있는 거지?”

8장

괴물

뱅커는 납치해온 여자에게 몹쓸 짓을 하는 중이었다. 여자는 약혼자가 있다며 울부짖었고 뱅커는 수건으로 여자의 입을 막아버렸다. 같은 방에 있던 단원 몇 명이 낄낄거리며 맥주를 마셨다.

벌컥!

방문이 거칠게 열리며 제일 말단인 단원이 뛰어들어 왔다. 그 웃기는 현상금 사냥꾼 놈들을 지켜보라고 보낸 단원이었다.

"다, 다, 단장님!"

"이 자식아! 지금 단장님 바쁘신 거 안 보여?"

"하지만 형님. 진짜 이건……! 단장님! 그놈, 그놈들 말이에요! 그, 그, 그 현상금 어쩌고 놈들! 헬터랑 푼수!"

"그놈들이 왜?"

"그, 그놈들…… 강해요!"

"강하다고? 그 애송이 놈들이?"

"지금 거리가 난리예요. 그놈들이…… 그놈들이 오크를 잡아왔다구요! 단둘이서!"

뱅커가 천천히 일어났다. 여자는 이미 기절한 상태였다. 뱅커는 여자를 침대 구석으로 밀어버리고 단원을 쳐다봤다.

"단둘이서 오크를 잡아왔다고? 그게 진짜 오크냐? 그놈들, 사기 친 거 아냐?"

"제, 제가 오크를 딱 한 번 본 적이 있거든요. 근데 그놈들이 잡아온 거, 진짜 오크였어요. 그 오크를 보셨어야 했는데…… 완전 너덜너덜해져서……."

뱅커의 표정이 굳어졌다.

사기꾼 놈들인 줄 알았더니.

"진짜 현상금 사냥꾼인 모양이군. 좋아, 오늘 밤의 계획을 변경해야겠다."

원래의 계획은 놈들이 여관 근처에서 어슬렁거릴 때 몰래 잡아오는 거였다. 하지만 오크를 잡을 수 있는 놈들이라면 그 계획으로는 턱도 없었다.

"기습이다. 오늘 밤, 이 몸께서 직접 움직여주지."

*　　*　　*

뱅커는 헬터&푼스의 뒤를 밟도록 단원 몇 명을 보냈다. 비제이는 그들이 따라온다는 것을 알았지만 모르는 척 약초상점에 들어갔다.

비제이와 레이가 단둘이서 오크를 잡아왔다는 소문은 도시 안에 쫙 퍼져 있었다. 약초상점은 두 사람을 구경하기 위해 찾아온 사람들로 북적거렸다.

레이는 사람들의 시선이 불편한 듯 구석에 가서 조용히 서 있었지만 비제이는 개의치 않고 가게 주인과 거래를 했다. 주인장은 오크 늪 부근에만 자라서 찾기 힘든 약초들을 보고는 입이 헤벌쭉 벌어졌다.

"이 가게는 원래 이렇게 시끄럽나? 사람들이 너무 많네."

비제이가 투덜거리자, 사람 좋게 생긴 주인은 인상을 찌푸리고는 사람들을 쫓아냈다.

사람들은 투덜거리며 주인에게 떠밀려 밖으로 나갔고 가게 안은 한산해졌다.

"오크를 잡았다지요, 손님?"

주인이 넉살 좋게 물었다. 비제이가 거만하게 고개를 끄덕였다.

"뭐, 오크 한두 마리 잡는 건 일도 아니지. 우리가 잡은 흉악범들을 만나 보면 오크가 애완동물처럼 느껴질걸?"

낄낄낄.

주인장과 함께 괴상한 소리를 내며 웃는 비제이를, 레이는 전혀 낯선 사람 보듯 쳐다봤다. 아까부터 두 사람의 뒤를 쫓는 기척이 느껴졌는데 그것보다는 비제이의 생각이 더 신경 쓰였다.

'저 녀석, 도대체 무슨 속셈이지?'

비제이는 검술의 달인은 아니었지만 검을 다룰 줄은 알았다. 게다가 레이의 하나뿐인 제자이기도 했고, 강한 힘을 가진 트레저도 몇 개 가지고 있을 뿐 아니라, 최고의 페이커인 후딘이 만들어준 모조 트레저도 많이 있었다.

비제이 정도라면 뱅커 용병단 정도는 이렇게 뒷공작을 펼치지 않고도 처리할 수 있다. 그런데 왜 자꾸 복잡하게 일을 꼬는 건지 알 수가 없었다.

"이건 독초네요."

"응, 그건 도시에 나가면 엄청 비싸게 팔리지. 한 뿌리에 50실버 정도 하더라."

비제이가 가지고 온 독초 중 몇 개는 손을 대기만 해도 독이 번지는 것들이 있었다. 주인은 그것들을 조심스럽게 다루며 속으로 계산을 했다.

비제이가 가지고 온 풀들은 전부 합쳐서 몇십 골드나 하는 고가였다. 약초와 독초에 대해 잘 모르는 사람이라면 속여 넘길 수 있겠지만, 여러 도시를 돌아다닌 것처럼 보이는 비제이는 속일 수 없었다.

게다가 그는 오크를 잡은 강자였다. 괜히 속였다가는 목숨을 잃게 될지도 모른다.

'10골드 정도라면 어디서든 유통해보겠지만…… 이걸 전부 살 수는 없겠는걸? 아깝군. 마을에 상단이 찾아왔을 때 팔면 세 배는 이익을 볼 수 있을 텐데.'

"10골드."

"네?"

비제이가 손가락 열 개를 펼쳤다.

"10골드에 팔겠다구, 주인장."

주인은 자기 귀를 의심했다. 적어도 40골드는 받을 수 있는데 단 10골드에 팔겠다니. 주인의 눈이 휘둥그레지는 것을 보며 비제이가 말했다.

"난 현상금만 가지고도 잘 벌어서 약초 같은 걸로 돈 벌 생각은 없거든. 이건 어디까지나 부업이니까 말이야. 아하하하."

"하하하하. 그, 그렇군요. 그럼 얼른 10골드 가져다드리겠습니다!"

주인은 비제이의 마음이 바뀔까 두려워 가게를 비우고 뛰어나갔다. 비제이는 카운터 위로 훌쩍 올라가 양반다리를 하고 앉았다. 기우뚱, 기우뚱. 불안하게 봄을 흔드는 비제이에게 레이가 물었다.

"무슨 생각이냐?"

“이거 나중에 상단에 팔면 적어도 100골드는 받을 수 있어. 주인장은 나한테 간이고 쓸개고 다 빼줄 수 있을 거야.”

“주인의 간과 쓸개로 뭘 하게?”

“괴물에 대해서 물어보게.”

“괴물? 아아, 수배지에 그려져 있던 것 말이지?”

“응, 넌 그거 본 적 있어?”

“아니, 없다.”

“수배지에 올라왔는데도 정보국 국장이 모를 정도면 누군가 가 꽤나 잘 감추고 있었다는 말이잖아. 그런 괴상하게 생긴 녀석이 무슨 짓을 저질렀는지도 알고 싶고.”

“흐음, 그런 거라면 여관 주인에게 물어봐도 되지 않나? 오크도 잡아다줬는데.”

“그 사람들은 글렀어.”

“글렀다고?”

“자꾸 시험해보려고 하잖아. 자기들보다 대단한지 아닌지. 그런 사람들한테 뭘 물어보면 시간만 오래 걸려.”

확실히 그럴 듯했다. 그리고 레이는 더 이상 귀찮고 싶지 않았기에 비제이가 하는 대로 내버려두겠다고 결심했다.

주인은 오래지 않아 돌아왔다. 비제이가 가버렸을지도 모른다는 불안감을 안고 달려온 주인은 가게 안에 남아 있는 두 사람의 모습에 안도했다.

돈을 받고 돌아서던 비제이가 문득 걸음을 멈추자 약초를 집어넣던 주인은 숨을 삼켰다. 비제이의 생각이 바뀌었을지도 모른다는 불안 때문이었다. 하지만 비제이는 전혀 다른 걸 물었다.

"주인장, 그런데 성문 쪽에 붙어 있는 현상금 포스터 말이야. 그 괴물, 도대체 뭐야? 진짜 그렇게 생겼나? 그 괴물이 무슨 짓을 한 거지?"

"네? 아, 그 괴물 말인가요? 손님은 먼 곳에서 오셔서 잘 모르시겠네요."

……라는 말로 서두를 연 주인은 그 괴물에 대해 필요 이상으로 상세하게 떠들어댔다.

괴물이 나타난 건 1년 전 가을.

이 도시의 동쪽으로는 나지막하고 풍요로운 동산이 있다. 그곳에는 넓은 목장이 있었고 소와 양 등을 방목해서 키웠다. 산 아래는 돼지를 치는 집들이 많았다.

괴물은 처음에 돼지를 습격했다. 돼지 주인은 갈기갈기 찢긴 돼지를 보고 오크나 고블린의 소행으로 여겼다.

습지에서만 머무는 몬스터들이 마을로 내려오는 경우는 몇 년에 한 번씩 일어나는 일이었다. 주인은 당황하지 않고 주위 사람들을 불러 보초를 서기로 했다. 오크라면 그들의 힘으로 상대할 수 없으니 도망쳐서 영주에게 알려야 했지만, 고블린 정도면 그들끼리도 해결할 수가 있었다.

며칠 밤을 그렇게 지새운 후 그들은 그것을 보게 되었다. 달

빛 아래 똑똑히 보이는 뻣뻣한 털과 징그러운 녹색 비늘, 번쩍
거리는 푸른 눈.

이 세상 것이 아닌 그 모습에 사람들은 공포에 질렸다. 비명
조차 지르지 못하고 뻣뻣하게 굳어 있는 동안, 괴물은 돼지 한
마리를 잡아 목과 몸통을 뜯어버렸다. 그리고 몸통을 들더니
사람들을 흘끗 쳐다보고는 어디론가 사라졌다.

괴물을 목격한 사람들은 그 길로 영주의 저택에 찾아가 사실
을 알렸다. 영주는 얘기를 듣자마자 사방에 현상금 포스터를
붙였다. 하지만 괴물은 거의 1년째 잡히지 않고 가끔씩 나타나
목장의 동물들을 뜯어 죽이곤 했다.

약초상점을 나온 비제이가 레이를 흘끗 쳐다봤다.

"남작 저택 하녀의 실종만큼 이상한 얘기군."

레이가 중얼거렸다.

"그치? 운테 헬로판 남작, 꽤 좋은 사람이라고 들었는데. 헌
터 그만둔 후에 어떻게 변했을지 궁금하네."

"만나본 적 있냐?"

"응, 내가 헌터가 되기 전에 연회 때 봤어. 멀리서 잠깐."

괴물.

사람들은 남작에게 한 번도 본 적 없는 괴물에 대해 말했다.
여행을 많이 다닌 비제이도 정보국의 레이도 현상금 포스터에
그려진 괴물 같은 생김새는 처음이었다. 할 일이 많은 남작이
라면 사람들이 헛소리를 한다고 생각하며 내보냈을 것이다.

기이하게 생긴 괴물이라니. 그게 일반적인 반응이었다.

하지만 남작은 조사 과정도 없이 바로 현상금 포스터를 붙였다. 그것도 어마어마한 상금을 걸고.

"남작이 평민들을 굽어살피는 너그러운 사람이라서? 아냐. 운테 남작은 계급의식이 뚜렷하거든. 평민들을 괴롭히지도 않지만 그렇다고 그들의 말을 귀담아 듣지도 않아. 남작에게 있어서 평민들은 지나가는 개미 같은 존재인 거야. 개미가 뭐라고 지껄이든 알 게 뭐야, 라는 반응을 보였어야 했어."

"게다가 남작은 하더 왕의 검을 가지고 있지."

"……도대체 여기서 하더 왕의 검이 왜 튀어나와? 레이, 넌 진짜 이상한 데서 엉뚱하다니까."

＊　　＊　　＊

비제이는 숨을 죽였다.

어둠이 내려앉았다. 어둠은 늘 여러 가지 생각을 떠오르게 한다. 고요함, 달빛, 그리고 평생 잊지 못할 그날 밤의 사건.

눈을 감고 생각을 지우려 애썼다. 굳이 그날 밤의 일을 떠올릴 필요는 없다. 조만간 싫을 정도로 기억나게 될 테니까.

'아니, 기억도 못 하게 되려나?'

죽는 날까지 기억할 수 있다면 그건 행운이다. 인간으로서 죽을 수 있다는 말이니까. 마물이 되는 것보다는 끔찍한 기억을 안고 죽어가는 게 낫다.

스륵.

기습은 늘 새벽 2시쯤에 일어난다. 이유는 모르겠다. 대부분 비제이를 노리던 암살자들은 새벽 2시쯤 침입하곤 했다. 가장 깊이 잠드는 시간이라 그런 모양이다.

하지만 비제이는 불면증이었다. 그날 밤 이후 깊이 잠들어 본 적이 없기에 작은 소리에도 깨어날 수 있었다. 그래서 알게 되었다. 기습하는 자들의 습관을.

아니나 다를까, 창문 밖에서 움직임이 있었다.

뱅커일지 단원들 중 하나일지.

비제이는 뱅커일 거라고 확신했다. 오크를 잡아온 건 이 여관에 묵기 위해서이기도 했지만, 뱅커를 도발하려는 목적도 있었다. 뱅커가 비제이의 생각만큼 단순하다면 아마 직접 찾아왔을 것이다.

비제이는 주머니에서 오크링을 꺼냈다.

'그러고 보니, 가짜 오크링이 슬슬 드러날 때가 됐네.'

에쉴리와 매그는 비제이에게서 오크링을 훔치려고 시도했다. 하지만 그건 아무것도 모르는 어린애가 역사학자 앞에서 역사를 읊조리는 것과 같았다. '슬쩍'의 대가인 비제이에게서 슬쩍할 생각을 하다니.

이미 가짜를 넣어뒀고 둘은 그것이 가짜인지도 모르고 가져갔다.

낮게 웃으며 레이의 침대를 응시했다. 레이는 잠들어 있었다. 아니, 자는 척하고 있었다. 필요해지면 언제든 검을 뽑아 비제이를 도울 것이다.

문득 어떤 상황에서도 자신을 믿어주는 레이에게 고맙다는 생각이 들었다. 아마 밤이라서 그런 모양이다. 어둠은 사람을 감정적으로 만들곤 하니까.

비제이가 누워 있어야 하는 침대 안에는 담요를 둘둘 말아 넣어놨다. 어둠 속에서 흘끗 보면 사람이 들어가 있는 것처럼 보인다.

달칵.

창문 고리가 올라가는 소리.

창문을 잠가놨다. 열어두면 수상해 보일 것 같아서. 기습하는 쪽에서는 아무래도 일이 너무 쉽게 풀리는 걸 이상하게 여길 것이다.

뱅커라면 창문의 걸쇠 정도는 손쉽게 열 수 있을 거라 생각했고 그 생각은 맞아떨어졌다. 창문은 소리 없이 열렸고 차가운 바람이 흘러들어 왔다.

'후딘이랑 루빈은 어디쯤 갔으려나? 싸우진 않겠지?'

역시 자신은 운이 좋다는 생각이 들었다. 최고의 페이커에, 최고의 루커. 게다가 든든한 최고의 검사까지 비제이의 곁에 있었다.

두려울 것이 없다.

사박.

뱅커가 창문에서 내려서며 작은 소리를 냈다.

'멍청한 녀석. 여기서 소리를 내면 어떻게 해?'

뱅커도 놀란 듯 주위를 두리번거렸다. 레이는 살짝 뒤척였지만 일어나진 않았고 뱅커는 안도의 한숨을 쉬었다.

'쯧쯧. 이런 기습은 실패할 게 뻔하다구. 난 굉장한 현상금 사냥꾼이란 말이야. 좀 더 주의를 기울여야지!'

비제이는 뱅커를 노려봤다. 짐작보다 훨씬 못난 놈이다. 실력도 없는 주제에 거만 떨며 사람들을 죽이고 여자들을 희롱하고…….

공터에서 죽어간 아이들에게까지 생각이 미치자 어깨가 욱신거렸다.

'침착하자.'

어깨의 스콜피언은 비제이의 분노, 절망 같은 마이너스적인 감정에 반응하곤 했다.

처음에는 그걸 잘 몰라서 몇 번이나 마물이 될 위기에 처하곤 했다. 알게 된 후로는 어지간하면 밝게 살려고 노력했고 최근에는 감정의 소용돌이 때문에 스콜피언에게 집어삼켜질 위기는 별로 없었다.

뱅커는 잠시 숨을 죽이고 있다가 품 안에서 단검을 빼들었다. 그러다가 생각을 바꾼 듯 단검을 집어넣고 도끼를 들었다.

'그래, 그렇게 해야지.'

단검으로 한 명을 상대하다가 다른 쪽이 잠에서 깨어나면 시끄러워진다. 차라리 도끼로 깔끔하게 목을 베어버리는 게 낫다.

'뭐, 뱅커도 나랑 레이가 한 방에서 묵을 줄은 몰랐겠지.'

레이와 비제이는 동행을 할 때면 늘 한 방에서 묵었다. 비제이가 잠들었을 때 스콜피언이 꿈틀거리기라도 하면 큰일이기 때문이다.

지금까지는 그런 일이 없었지만, 만약의 경우를 생각해야 했다. 5년 동안 고통에도 마이너스 감정에도 지지 않고 살아남았는데, 잠자다가 스콜피언에게 당해버리면 웬 쪽팔림이겠는가.

뱅커는 이제 비제이가 목표한 곳까지 걸어왔다. 비제이의 침대 바로 옆.

비제이는 회심의 미소를 지었다.

*   *   *

남작 저택은 아름답고 조용했다. 너무 화려하게 꾸며놓진 않았지만 가구는 모두 고급. 침대도 푹신하고 예상했던 대로 욕조에선 뜨거운 물이 넘쳤다.

에쉴리와 매그는 향기 좋은 온수에 몸을 푹 담그고 있다가, 노곤해질 때쯤에야 반신욕을 끝내고 욕실에서 나왔다. 부드러

운 가운을 입고 방으로 들어오자마자 남작 저택의 하녀들이
저녁을 가지고 왔다.

커다란 상 한가득, 두 사람이 다 먹을 수 없을 정도로 많은
음식을 보며 에쉴리는 흡족한 미소를 지었다.

음식 역시 거리에서는 쉽게 사 먹을 수 없는 진귀한 요리들.
특히 통째로 구운 양고기와 시럽이 흐르는 촉촉한 파이는 보
기만 해도 군침이 넘어갈 정도였다.

에쉴리와 매그는 익숙하다는 듯 미소를 짓고 있다가 하녀들
이 나가자마자 음식에 덤벼들었다. 얼굴 가득 고기 기름을 묻
히고 음식을 먹는 두 사람을 본다면 누구도 헌터계의 꽃 '위험
한 장미' 라는 별명을 연상하지 못할 터였다.

"아아, 너무 배불러요."

"더 먹어둬. 어딜 가서 이런 걸 또 먹겠어?"

"하긴, 그렇긴 해요. 먹을 수 있을 때 먹어둬야겠죠?"

"그렇지."

매그는 배가 빵빵할 때까지 음식을 채워 넣으며 물었다.

"그런데요, 언니. 좀 이상하지 않아요? 우리는 남작님의 의
뢰를 제대로 수행하지 못했잖아요. 그런데 남작님은 왜 화도
안 내고 이렇게 좋은 대접을 해주는 걸까요?"

"대신 정보를 줬잖아. 비제이가 이쪽으로 올지도 모른다는.
게다가 우리는 다시 한 번 시도하겠다고 했고. 오크링까지 훔
쳤으니 다음번엔 제대로 해낼 거라고 믿은 거겠지."

“역시 그런 걸까요?”

“매그, 우린 위험한 장미야. 누구라도 우릴 믿을 거라구.”

“호호호, 맞아요. 그런데 이거 정말 맛있어요. 이렇게 달콤한 과일은 처음이에요.”

“꿀을 발라서 그런 것 같은데?”

“전 꿀도 처음 먹어보는걸요.”

“하긴, 나도 그래. 어머, 정말 달다. 저번에 먹었던 생크림보다 단 것 같아.”

“그쵸? 이렇게 달콤한 건 처음이에요. 이 보라색 잼도 되게 상큼하고 맛있어요.”

똑똑.

맛있는 음식과 고급 와인에 취해 있을 때 방문 두드리는 소리가 들렸다. 에쉴리와 매그의 표정이 순식간에 바뀌었다. 둘은 언제 흥청망청 먹고 마셨냐는 듯, 도도하고 차가운 표정으로 돌아왔다.

“누구냐?”

“에쉴리 님, 매그 님. 자작님께서 부르십니다.”

“자작님이?”

에쉴리와 매그는 서로를 쳐다봤다. 매그가 몸을 기울여 속삭였다.

“얘기는 아까 다 끝낸 거 아니었어요?”

“별거 아냐, 매그.”

에쉴리가 여유롭게 웃었다.

"남작도 남자는 남자야. 우리 자매를 볼 수 있을 때 봐두고 싶은 거겠지. 이 저택을 나서면 꿈도 못 꿀 테니까 말이야. 하여간 남자들이란."

"그럼 어떻게 하죠? 언니는……."

매그는 에쉴리가 받았던 마음의 상처를 알고 있었기 때문에 걱정이 됐다. 에쉴리는 어깨를 으쓱했다. 가슴이 파인 드레스 위로 언뜻 보이는 쇄골이 아름다웠다.

"운테 남작은 신사야. 우린 미디엄 헌터고. 우릴 보고 싶어 하긴 해도 몹쓸 짓은 하지 않을걸. 괜히 헌터의 꽃을 건드렸다가 소문이라도 나면 큰일일 테니까 말이야. 게다가 우린 비제이에게서 훔친 오크링이 있잖아?"

"아, 맞아. 그렇죠."

"후후후, 혹시 모르니 이걸 끼고 가볼까?"

에쉴리는 투박한 구리 반지를 꺼내 검지에 끼웠다. 단지 끼운 것만으로도 힘이 부쩍 솟아오르는 기분이 들었다.

둘은 냅킨으로 입가를 닦아내고 문을 나섰다. 복도를 지키고 서 있던 경비병들이 홀린 듯 두 사람을 쳐다봤다. 에쉴리가 매그에게 눈짓을 보냈다.

'이것 봐. 남자들이란 다 똑같다니까.'

'맞아요, 언니. 이건 다 언니가 너무 아름답기 때문이에요.'

'매그, 너도 아름다워.'

서로를 칭찬하며 걸어가는 자매에게서 눈을 떼지 못하는 경비병들은 하나같이 똑같은 생각을 했다.

'저 여자……! 도대체 왜……! 송충이를 손가락에 두르고 다니는 거지?'

*　　*　　*

등 뒤의 벽이 무너져내렸다. 적어도 뱅커는 그렇게 느꼈다. 뱅커가 도끼를 휘두르는 순간 무언가가 뱅커를 덮쳤다. 그것은 거대하고 무거워서 결코 피할 수 없는 운명처럼 뱅커를 짓눌렀다.

등 뒤의 습격을 대비하지 않았던 뱅커는 당황했고 멍청한 짓을 하고 말았다.

"이익!"

자신도 모르게 신음을 내뱉은 것이다. 하지만 신음을 내뱉지 않았어도 결과가 똑같았으리라는 것을 뒤늦게 깨달았다. 어느새 뱅커의 목에는 차가운 금속이 닿아 위협하고 있었다.

뱅커는 숨을 삼키며 몸을 움직이려 했다. 자신의 등을 짓누른 걸 치우려고 했다. 하지만 꿈쩍도 하지 않았다. 두꺼운 밧줄이 온몸을 꽁꽁 묶은 것처럼 몸이 움직이지 않았다.

"가만히 있어, 뱅커."

귓가에 스며드는 낮은 음성. 낮에 들었던 현상금 사냥꾼 애

송이의 목소리와 비슷했지만 달랐다. 장난기와 거만함이라고
는 조금도 묻어나오지 않는, 더없이 차고 서늘한 음성이 뱅커
의 목줄을 움켜쥐었다.

'당황할 거 없어. 내가 금방 나가지 않으면 히핀이 애들을
데리고 들어올 테니까. 소란스러워지긴 하겠지만…… 목격자
는 다 죽이면 그만이야.'

여관 근처에는 뱅커 용병단 전원이 몸을 숨기고 있었다. 헬
터&푼스가 두렵기 때문에 전부를 끌고 온 게 아니었다. 뱅커
는 항상 용의주도했고 그렇기 때문에 악행을 저질러도 지금껏
살아남을 수 있었던 것이다.

"너는 생각하겠지."

꽈드득.

도대체 푼스라는 놈의 정체는 뭘까?

푼스는 한 손은 단검을 잡아 뱅커의 목에 겨누고, 다른 한
팔로 뱅커의 몸을 사로잡고 있었다. 그런데 그 한 팔의 힘이
놀랍도록 강했다. 놈이 힘을 주자 갈비뼈가 으스러지려고 했
다.

"곧 우리 애들이 들어올 거야. 우리 단원들을 여관 근처에
숨겨뒀으니까."

푼스란 놈은 뱅커의 생각을 읽어내려 가듯 중얼거렸다. 뱅
커는 당황했지만 그걸 겉으로 드러내진 않았다. 수를 읽히면
안 된다.

밖엔 히핀이 있다. 히핀이 독을 다루는 능력은 최고라고 자부할 수 있다. 이놈들은 히핀을 당해내지 못할 것이다. 뱅커 자신도 가끔은 히핀에게 질 것 같을 때가 있으니까.

"이놈들은 독을 다루는 히핀을 이기지 못해. 그런 생각을 하고 있어?"

"……."

뭘까?

도대체 이놈들의 정체는 뭘까?

9서클 마법 중에 생물의 마음을 읽는 마법이 있다고 들었다. 확인되지는 않은 소문이지만.

'설마 이 녀석, 마법사인가? 아니, 그럴 린 없어. 오크는 칼에 베였다고 했어. 마법사가 오크 몸뚱아리를 벨 수 있을 만큼 검을 다뤄? 그럴 린 없지. 게다가 이놈의 힘…… 이건 절대로 마법사가 낼 수 있는 힘이 아냐. 도대체 이놈은……?'

"뱅커, 넌 굉장히 많은 사람을 죽였지. 반병신으로 만들어놓은 사람들도 많지? 기억하려나 모르겠네. 키리반 왕국 서쪽 끝에 있는 직은 마을, 그곳에서 있었던 아이들의 죽음."

두근.

뱅커의 뇌리를 스치는 기억. 그 공포스러운 살육의 현장이 떠올랐다.

"그, 그건…… 그건 내가 한 짓이 아냐!"

뱅커는 자신도 모르게 약한 모습을 보이고 말았다.

"그건 내가 하지 않았어! 우리가 그런 짓을 한 게 아냐!"

어둠을 울리는 뱅커의 절규.

비제이는 인상을 찌푸렸다. 이건 연기일까? 아니, 연기가 아니다. 뱅커의 떨림이 전해졌다. 깊은 공포가 바닥에 깔리는 것이, 비제이의 눈에도 똑똑히 보였다.

뱅커는 끔찍한 짓을 무수히 많이 저지른 놈이다. 여자들을 욕보이고 죽이면서도 죄책감을 느끼지 않는 놈이다.

그런 놈이 패닉 상태에 빠져 벌벌 떨다니.

'내가 범인을 잘못 짚었단 말이야?'

그럴 리는 없다.

마을 사람들은 그날 뱅커 용병단이 그곳에 들렀다고 말했다. 그들이 거짓말을 했을 리는 없다.

"내가 한 짓이 아냐! 그건 그놈이…… 그놈이 한 짓이야! 그놈이 그 애들을……!"

비제이도 딱 하나 마음에 걸리는 게 있었다. 뱅커 용병단은 쓰레기 같은 놈들이었지만, 그들에게도 나름대로의 인정은 있었는지 어린애들만큼은 건드리지 않았다.

"우, 울었어……. 애들은 울었고…… 소리 질렀고…… 하지만 그놈은…… 그 망할 놈은…… 망설이지도 않고…… 손짓 하나로…… 그건 뭐였지? 그 거무죽죽한 놈들은? 그 괴상한 놈들은? 그것들은 절대로 몬스터가 아니었어."

뱅커는 제정신이 아니었다. 덜덜 떨며 묻지도 않은 말을 지껄여댔다.

두근.

이번엔 비제이의 심장이 뛰기 시작했다. 불안한 생각이 비제이의 뇌를 차지하려고 했다.

우둑.

자신도 모르게 팔에 힘을 줬다. 갈비뼈와 폐에 느껴지는 강한 고통에, 뱅커는 끄극 하는 소리를 내고는 축 늘어졌다. 하지만 비제이는 뱅커가 기절했다는 것도 깨닫지 못할 정도로 혼란에 빠졌다.

'내가 잘못 생각했다는 거야? 손짓 하나? 거무죽죽한 놈들? 몬스터가 아니라고?'

딱 하나 떠오르는 생각이 있지만, 그것이 형태를 이루기 전에 지워버렸다. 알고 싶지 않다. 알면 무너진다.

비제이는 뱅커를 바닥에 대충 던져놓고 침대 끝에 걸터앉았다.

레이는 방에 없었다. 뱅커는 몰랐지만 뱅커가 들어올 때부터 방문이 열려 있었다. 레이는 뱅커가 비제이의 침내에 관심을 갖는 순간 소리 없이 방을 빠져나갔다.

레이가 돌아온 건, 정신을 차린 비제이가 뱅커에게 덤쉬룸을 먹인 후였다.

레이는 기절한 히핀을 뱅커의 옆에 던졌다.

털썩.

거칠게 떨어지면서도 히핀은 신음소리 하나 내지 않았다.
비제이가 고개를 들어 레이를 쳐다봤다.

"뱅커가 아니었대."

끄덕.

레이가 가볍게 고개를 움직였다.

여관 근처에 숨어 있는 뱅커 용병단을 처리하기 위해 밖으로
나간 레이는, 눈 깜짝할 새에 모두를 기절시키고 히핀만 데리
고 왔다. 비제이가 한 놈만 데리고 오라고 말했기 때문이다.

레이는 아까 음식점에서 비제이에게, 마을 아이들이 죽은
사건에 대해 들을 때부터 이상하다는 생각이 들었다. 뱅커 용
병단은 절대로 어린애들을 죽이지 않았기 때문이다. 그랬던
놈들이 갑자기 마을 어린애들을 잔혹하게 찢어 죽이다니.

겁에 질린 히핀은 레이가 묻는 말에 순순히 대답했다.

"우리가 한 게 아니에요! 흉터가 있는 남자였어요! 이마
에 긴 흉터가!"

'무슨 생각이냐, 타이진.'

비제이는 그 마을에서 과거의 추억을 곱씹었다. 마을의 어
린아이들을 보며 비제이 자신이 어렸을 때의 그 행복했던 추
억들을 되새겼다.

붉은 스콜피언에게 사로잡혀 단 하루도 안심할 수 없는 상황

속에서, 그 마을은 비제이의 유일한 안식처였다.

타이진은 계획한 것처럼 그 마을을 산산조각냈다. 그때와 같은 방식으로.

비제이가 쉴 곳은 절대로 만들어주지 않겠다는 선전포고. 비제이와 관계된 것들은 모두 없애겠다는 잔혹한 선언이었다.

'타이진! 비제이가 널 어떻게 생각할지는 모르겠지만……'

꾸욱.

레이는 검을 꽉 잡았다. 그러지 않으면 분노가 이성을 집어삼켜 당장이라도 타이진을 찾으러 나서게 될 것 같았다.

'나는 더 이상 널 용서할 수가 없다.'

비제이는 말없이 뱅커에게 이것저것 먹였다. 아까 오크가 있던 늪지에서 캐온 풀들이었다.

뿌리가 굵고 탐스러운 풀, 피를 머금은 듯 새빨간 풀.

뱅커의 모습이 점점 변해갔다. 피부가 부풀어 오르고 얼굴 형태가 변했으며 몸에 굵고 거친 털이 돋았다. 10분쯤 지나자 뱅기의 모습은 이미 인간처럼 보이지 않았다.

"후딘이 있었으면 좋았을 텐데."

뱅커는 현상금 포스터에서 본 것과 비슷해지기는 했지만, 얼굴을 뒤덮은 녹색 비늘은 어떻게 할 수가 없었다. 레이는 타이진에 대한 생각을 거두고 뱅커의 옆에 쭈그리고 앉았다.

"비늘을 하나하나 붙일 순 없잖아. 대충 이 정도로 속여 넘길까?"

“글쎄, 남작은 하더 왕의 검을 가지고 있다.”

“그러게 하더 왕의 검을 가진 거랑 속여 넘기는 거랑 무슨 상관인지 모르겠다니까? 머릿속에 그 검 생각밖에 없냐?”

“검사가 검을 생각하는 건 당연지사. 사기 칠 생각이나 하고 다니는 네놈보다는 낫지.”

잠시 다정한 주먹다짐을 나눈 두 사람은 다시 뱅커의 옆에 앉아 고민에 빠졌다.

운테 남작은 영지민들이 괴물에 대한 이야기를 했을 때, 의심하지 않고 받아들였다. 게다가 재빠르게 현상금 포스터까지 붙였다.

현상금을 지불하는 건 수사국이 아닌 운테 남작. 그렇다는 건 운테 남작이 그 괴물에 대해 감추고 싶은 것이 있다는 말이다.

“그 괴물은 운테 남작이 알고 있는 괴물일 거야. 그러니까 그렇게 서둘러서 현상금 포스터를 붙인 거겠지.”

“정보국이나 수사국의 도움도 받지 않고.”

“그 괴물의 정체가 뭘까? 운테 남작은 왜 헌터를 그만뒀을까? 그리고 지금은 뭘 하고 지내지?”

“흐음.”

“트레저 헌터라는 직업은 아무리 나이가 들어도 버리기 힘든 직업이야. 트레저를 발견해본 사람들은 그걸 발견할 때의 감격과 기쁨에 중독되거든. 절대로 중간에 그만둘 수 없어. 몸을 제대로 사용할 수 없어질 때까지 헌터 일에 매달려. 헌터 역사상 몸이 멀쩡한데도 은퇴 선언을 한 건, 운테 남작이 처음이야. 뭐가 운테 남작을 그만두게 만든 걸까?"

레이가 비제이를 쳐다봤다. 비제이도 고개를 돌려 레이와 눈을 맞췄다.

"죽음."

둘은 동시에 중얼거렸다.

"확실히…… 운테 남작이 트레저 헌터를 그만두기 직전에 남작 부인이 죽었지."

"그리고 또 하나, 운테 남작이 헌터를 하느라 성을 비울 때 이 영지를 다스린 건 누구였지?"

"운테 남작의 남동생이었지. 매력적이라고 소문난."

레이가 손가락으로 바닥을 탁탁 쳤다. 생각에 잠길 때의 버릇이었다. 비제이는 창틀에 걸터앉아 하프를 꺼냈다. 악기를 연주하는 건 비제이가 생각에 잠길 때의 버릇.

한동안 두 사람은 말없이 생각을 했다.

죽음, 트레저 헌터의 은퇴, 사라진 하녀들, 괴물과 현상금, 남작의 남동생, 하베나이툼의 귀걸이.

한참 후 비제이가 연주를 끝냈고 레이는 일어났다.

"남작 저택에만 들어갈 수 있으면 돼."

"남작도 우리가 누군지는 대충 눈치챘겠지."

"영지민들 눈에 안 띄는 게 중요하니까."

"들여보내 줄 거다."

"가자."

레이는 거구의 뱅커를 번쩍 들어 어깨에 짊어지고 비제이와 함께 여관을 나섰다.

*　　*　　*

"두 분께 주고 싶은 게 있습니다."

중년을 넘긴 운테 남작은 고지식해 보였지만 단정하고 매력적인 중년의 표본이었다. 듬성듬성 난 흰머리조차 운테 남작을 여유 있어 보이게 만들어줬다. 운테 남작은 좀 피곤해 보였다.

"주고 싶은 거요?"

"비제이는 어리고 뭔가 빠져 보이기는 해도 마스터 메달까지 받은 헌터입니다. 비제이를 상대할 때 유용하게 쓰일 트레저가 하나 있습니다."

에쉴리가 눈을 가늘게 떴다.

뭔가 마음에 걸리는데 그것이 무엇인지 알 수 없었다. 단지 남자들이 친절을 베풀 때는 속에 검은 마음을 품고 있다는 것을 알고 있을 뿐이다.

'괜찮아, 오크링도 있고…… 운테 남작은 늙었어. 트레저 헌터를 그만둘 정도로. 나랑 매그가 같이 있는데 무슨 짓을 할

리는 없겠지. 만약 한다면 이 힘으로 두 팔, 두 다리를 부러뜨려 놓으면 그만이야.'

운테 남작이 진짜로 유용한 트레저를 주려는 것일 수도 있었다. 운테 남작은 과거에 많은 트레저를 찾았으니, 그중에 쓸모 있는 것을 숨겨두었을지도 모른다.

'덴저 트레저라도 주려고 그러나? 덴저 트레저는 한 번도 못 봤는데.'

의심을 품었던 에쉴리의 눈동자가 기대감으로 채워지는 것에 반해, 매그의 눈은 어둡게 가라앉았다. 매그의 육감이 이건 아니라고 소리치고 있었다.

"이리로."

남작이 문을 열고 나갔다. 에쉴리는 의심 없이 남작의 뒤를 따르는데, 매그가 에쉴리의 드레스 자락을 붙잡았다.

"언니, 아무래도…… 좀 이상해요. 우린 이미 한 번 실패했는데 너무 잘해주잖아요. 트레지까지 주겠다니."

"괜찮아, 매그. 우리에게는 오크링이 있어. 운테 남작은 헌터를 그만둔 지 오래된 늙은이야. 우리한테 무슨 짓을 할 수 있을 것 같아?"

"하지만……."

"만약 진짜로 좋은 트레저를 주려는 거면 어쩔 거야? 괜히 남작의 심기를 거스르지 마. 이번 일만 성공하면 우리가 평생 트레저를 찾아도 만지지 못할 돈을 갖게 될 거야."

"……."

매그는 에쉴리의 고집을 꺾을 수 없다는 걸 깨달았다.

'그래, 나라도 정신을 바짝 차리자.'

남작의 저택은 넓었지만, 다른 귀족들의 저택에 비해선 넓은 편이 아니었다. 복도 끝엔 지하로 연결되는 계단이 있었다. 양쪽 벽을 횃불이 밝히고 있어서 어둡진 않았다.

남작은 조용히 계단을 내려갔고 에쉴리와 매그는 남작의 뒤를 따랐다. 계단을 내려가면서부터는 에쉴리도 긴장을 했다.

저택 곳곳엔 호위병이나 하녀들이 있기 마련인데, 이 근처에서는 저택 안 사람들을 아무도 볼 수 없었기 때문이다. 그렇다는 건 지하실에 비밀이 있다는 말.

남작의 말대로 트레저를 감춰놓은 곳이기 때문에 사람들을 못 오게 막아놓은 거라면 다행이지만, 만약 이곳에 다른 위험한 것이 있다면?

에쉴리는 주먹을 꽉 쥐었다. 오크링의 차갑고 단단한 느낌이 에쉴리를 안심시켰다.

오크를 한 주먹으로 때려죽이는 힘을 가졌던 전사의 반지다. 오래전에 헌터를 그만둔 늙은이 따위가 이 반지를 이길 수 있을 턱이 없다.

타닥, 타닥.

횃불이 타들어 가는 소리가 긴장감을 더했다.

계단 제일 아래에는 커다란 철문이 있었다. 그냥 보기에도 굉장히 두꺼워 보이는 철문. 철문을 잠가놓은 커다란 자물쇠. 남작은 허리에 있던 열쇠를 꺼내 자물쇠를 열었다.

찰칵.

매그는 소맷자락에 감추었던 작은 표창을 슬그머니 꺼내 손에 쥐었다. 여차하면 남작에게 던질 생각이었다. 정확하게 급소를 노릴 자신이 있다.

끼이이이익.

남작이 철문을 열었다. 요란한 소리와 함께 문이 열리자, 역한 냄새가 확 풍겼다. 짐승 시체가 썩어들어 갈 때 내는 냄새.

두 자매는 문 안쪽을 확인하려 했지만, 캄캄해서 보이지 않았다. 남작은 이 냄새가 대수롭지 않다는 듯 안으로 걸음을 옮겼다. 에쉴리와 매그는 눈짓을 하고는 남작의 뒤를 따라 안으로 들어갔다.

"잠깐 기다리십시오. 바로 불을 켜겠습니다."

치직.

불이 켜졌다.

마나석으로 밝힌 지하실의 넓은 공간.

에쉴리와 매그는 준비를 갖추고 있었다. 무엇이 나와도 놀라지 않는 게 당연했다. 그동안 헌터를 하면서 못 볼 꼴도 많이 봤으니까.

하지만 이 안에 있는 것들은……!

아까 먹은 음식들이 식도를 타고 올라왔다.

"우욱."

에쉴리는 한 손으로 입을 틀어막았다. 매그 역시 구역질을 참느라 형편없이 일그러진 표정.

"이…… 이이……."

무슨 말이든 해야 하는데 끔찍한 광경에 얼어붙어 말이 나오질 않았다. 몸도 제대로 움직이지 않았다. 두 사람 앞에 서 있는 무표정한 운테 남작이 악마처럼 보였다.

"네놈!"

먼저 정신을 차린 건 매그였다. 매그는 운테 남작의 목을 정확하게 노렸다. 표창이 빠르게 운테 남작의 목을 향해 날아갔다. 제대로 꽂히면 시간을 벌 수 있을 터였다.

덥석.

하지만 남작은 여유롭게 표창을 잡았고 어느 순간 매그의 뒤로 다가와 목 뒤를 후려쳤다.

퍽!

매그는 기절했다.

"매그!"

"괜찮다, 죽인 게 아니니까."

"이 새끼! 네놈, 네놈 도대체 이게…… 이런 짓을 하고도 무사할 것 같아? 이것들은…… 매그는……! 네놈은 미쳤어. 이거…… 이건 정말…… 이 지하실은……!"

　에쉴리는 제정신이 아니었다. 지하실 광경은 끔찍했고 동생
은 위험에 빠졌다.
　"죽여버릴 거야!"
　에쉴리는 자신이 오크링을 끼고 있다는 걸 깨닫고는 남작을
향해 달려들었다. 오크링은 수십 배의 힘을 낼 수 있게 해준
다. 평소에는 무리겠지만 지금은 남작을 넘어뜨릴 수 있다.
　퍽!
　에쉴리의 어깨가 남작의 가슴에 꽂혔다. 하지만 남작은 쓰
러지지 않았다. 한 발자국도 뒤로 밀려나지 않았다. 에쉴리의
눈이 공포와 놀라움으로 커졌다.
　"어, 어떻게…… 어떻게 오크링의 힘을……?"
　"오크링? 아, 그 송충이를 말하는 거냐?"
　"송충이라닛! 그게 무슨……."
　기함하며 자신의 손을 내려다본 에쉴리는 손가락에 둥글게
말려 있는 연두색 송충이를 보고 비명을 질렀다.
　"꺄아아아아악!"
　"그게 오크링인 줄 알았던 거냐? 하…… 비제이에게 보기 좋
게 당했군. 진작 말했잖아. 비제이는 쉬운 녀석이 아니니까 조
심하라고."
　'하지만 어떻게…….'
　에쉴리는 남작에게 맞설 힘을 잃었다. 머릿속은 온통 송충
이로 변한 오크링에 대한 생각으로 가득 찼다.

　도대체 왜 이 징그러운 송충이를 오크링이라고 알고 있었을까? 이건 분명 차갑고 단단했다. 금속과 송충이의 느낌을 착각할 리는 없다.

　'무슨 짓을 한 거야, 비제이? 네놈 때문에 우린 지금 죽게 생겼다구!'

　퍽!

　남작이 에쉴리의 복부를 후려쳤다. 강한 통증과 동시에 정신이 흐려지기 시작했다. 완전히 정신을 놓기 직전, 에쉴리는 남작의 중얼거림을 들었다.

　"너희들은 내 아내를 위해 사용되는 거다. 고맙게 생각해라. 평민 따위가 귀족의 몸으로 다시 태어나게 되는 걸."

9장

죽음

　그는 부들부들 떨었다. 온몸이 뻣뻣한 털로 뒤덮였지만 따뜻하진 않았다. 추웠다. 이건 아마도 바람 때문이 아닐 것이다. 두려움 때문일 것이다.

　그는 인간이었다. 생각도 할 수 있고 사랑하는 연인도 그리워할 줄 아는 인간.

　그러나 아무도 그를 인간 취급하지 않았다.

　그르르룽.

　울부짖고 싶었지만 괴물의 울음소리만 튀어나왔다. 자신조차 깜짝 놀라게 만드는 희귀한 울음소리.

　크르르르룽.

그는 몸을 둥그렇게 말았다.

'형님…… 어째서 나를…….'

아직도 그날의 일을 믿을 수가 없다. 형이 자신을 이렇게 만들어버렸다는 것이 악몽처럼 느껴진다.

육체는 이미 인간을 벗어났다. 허기가 지면 피가 뚝뚝 흐르는 생고기가 먹고 싶어진다. 몸이 그것을 원한다. 참으려고 해도 참을 수가 없는 충동.

남몰래 성벽 위에 올라와 얼마 전까지 살던 그 저택을 바라본다. 그곳은 조용하고 평화로워 보였다. 물론 겉으로 보기에만.

아무도 모를 것이다. 저 안에서 벌어지는 그 끔찍한 일들에 대해서는.

누구든 알아주었으면, 누구든 불쌍하게 사라진 여자들의 영혼을 구제해주었으면, 앞으로 죽어갈지도 모를 여자들을 살려주었으면.

그는 일부러 가축을 습격했다. 누군가 이상하게 생각해주기를 바라면서. 이 끔찍한 육체 자체를 수상하게 여겨, 라트 연합 정보국에라도 신고해주었으면 해서.

유능하다고 소문난 붉은 기사 헤레이스라면 어쩌면 이 모든 진상을 파헤칠지도 모르니까. 형을 막아줄 수 있을지도 모르니까.

그러나 아무도 신고하지 않았다. 그들이 신고하기 전, 운테 남작이 현상금 포스터를 붙였기 때문이다. 가난한 사람들은 직접 괴물을 잡아 큰 현상금을 받고 싶어 했다. 정보국에서 개입하면 그 돈은 전부 정보국의 손에 넘어간다.

짧은 생각이다. 어째서 그리도 어리석을까?

울고 싶은데 눈물도 나오지 않았다. 그때, 그의 눈에 어둠 속을 걸어가는 두 남자가 보였다. 분명 현상금 사냥꾼이라며 나타난 헬터와 푼스였다.

'멍청이들.'

그는 인상을 찌푸렸다.

저들은 그저 괴물을 잡아 현상금을 탈 생각만 가지고 있었다. 어째서 그 괴물이 탄생한 건지 그 괴물의 정체는 무엇인지 알아볼 생각 따위는 없는 게 분명했다.

자세히 보니 헬터라는 남자는 커다란 짐 덩어리를 짊어지고 있었다. 그는 괴물이 된 후 좋아진 시력을 끌어모아 그것이 무엇인지 확인했다.

괴물이었다.

얼굴에 비늘은 없지만, 귓가에 뻣뻣한 털이 있진 않지만, 얼핏 보면 자신과 닮은 괴물.

'저건 뭐지?'

자신도 괴물이면서 그들이 데리고 가는 괴물을 보며 의아함을 느꼈다. 그들이 향하는 방향은 운테 남작의 저택이었다.

'저것도 형님이 만든 괴물 중 하나인가? 나처럼 탈출한 괴물

이 또 있었던 건가?'

푼스라고 불리는 자가 그를 향해 고개를 돌렸다.

'눈이 마주쳤다?!'

달빛을 받은 푼스의 눈동자는 피를 머금은 것처럼 보였다. 정말로 그랬을 리는 없지만 적어도 그에게는 그렇게 보였다.

하지만 눈이 마주쳤다고 생각한 것은 착각인 듯, 푼스는 무심히 시선을 돌렸다.

그는 잠시 망설이다가 조용히 두 사람의 뒤를 따라갔다.

비제이는 어둠 속에 웅크리고 있는 괴물을 발견했다. 어스레한 달빛이 괴물의 녹색 비늘을 확인시켜줬다.

그가 따라오는 것을 알고 있었지만 그냥 놔두기로 했다. 비제이의 추측이 맞는다면, 그는 정말 불쌍한 자니까. 그는 모든 것을 볼 권리가 있었다.

*　　*　　*

비제이와 레이는 생각보다 쉽게 정문을 통과했다. 경비병들은 현상금을 받으러 왔다는 말에 괴물을 제대로 확인도 해보지 않고 문을 열어줬다.

"역시 남작은 우리 정체를 아는 모양이야. 내 변신술이 안 먹히다니."

"수염 붙이고 가발 좀 쓴 게 변신이면 지나가던 똥개도 변신할 줄 알겠군."

"저택 좋다."

"누가 말을 하면 대꾸를 해."

"세계 최고 대꾸 안 하기 대장한테서 그런 말을 듣게 되다니. 충격인걸."

"누가 세계 최고 대꾸 안 하기 대장이라는 거냐."

비제이는 저택의 정원을 둘러봤다.

정문에서부터 건물 현관까지 길게 이어진 자갈밭을 경계로 왼쪽에는 고풍스러운 분수가, 오른쪽에는 잘 가꾸어진 화단이 있었다. 분수대에는 말 위에 앉아 검을 뽑아든 기사의 생동감 있는 조각상이 전시되어 있었고, 분수 양쪽으론 튼튼해 보이는 검은색 돌 벤치가 있었다.

화단의 꽃들은 대부분 관상용이었지만 군데군데 잡초 같은 게 보였다. 화단 관리를 제대로 안 했기 때문에 생긴 잡초가 아니었다. 그건 국가적으로 금지된 마약을 만드는 풀이었다.

비제이가 레이의 옆구리를 쿡 찌르며 눈짓하자 레이가 그길 확인하곤 고개를 끄덕었다.

"저택 나가기 전에 저것 좀 몇 개 뽑아가자."

"왜 굳이 범죄자가 되기를 바라는 거지?"

"저거 아방카의 아베트로한테 팔면 돈 엄청 받을 거야."

"조만간 아베트로를 잡아넣어야겠군."

"야, 너 친구끼리 그러면 안 된다?"

"친구? 난 범죄자랑 친구하는 취미 없다."

"나랑은 친구잖아."

"네놈이 범죄자라는 걸 인정하는 거냐?"

"그럴 리가, 하하하하."

집사의 안내를 받아 응접실로 향하며 비제이는 후각에 온 정신을 집중했다. 아까부터 이상한 냄새가 났기 때문이다. 레이는 냄새에 대해 모르는 듯했다.

'내 착각인가? 아니, 착각은 아니야.'

응접실은 현관문 맞은편에 있었고 냄새는 응접실 왼쪽 복도 끝에서 흘러나오고 있었다. 비릿하고 역겨운 냄새. 생선 썩는 냄새보다 견디기 힘든 역한 냄새였다.

비제이는 표정을 감추고 응접실 안으로 들어갔다. 남작이 소파에 앉아 기다리고 있었다.

오랜만에 운테 남작을 직접 본 비제이는 놀랐다. 운테 남작이 몇 년 전에 비해 훨씬 늙어 보였기 때문이다. 적어도 삼십 년은 흐른 것 같은 세월의 차가 느껴졌다.

'부인의 죽음 때문인가?'

운테 남작은 머리가 좋은 자였다. 비열한 쪽으로 머리가 좋은 게 아니라 지식이 뛰어났다.

운테 남작 자체가 워낙 강하기도 했지만, 그가 가진 방대한 지식은 어지가한 애송이 학자들을 능가했고 그 지식을 이용해

역경을 헤쳐나가곤 했다.

운테 남작이 그 지식을 이용해 부인을 되살리려 하고 있다는 것이 비제이와 레이의 생각이었다.

'흑마법은 아냐. 시체를 움직일 수는 있어도 진짜 살아나게 할 수는 없으니까.'

흑마법은 구울이나 좀비, 스켈레톤을 만들어냈다. 죽은 자를 살리는 마법은 라트 연합에 의해 금지가 되었지만, 아주 사라지진 않았다. 음지에서 활동하는 흑마법사가 많이 남아 있었고, 종종 무덤에서 되살아난 자들이 사람 사는 마을을 습격하는 일도 있었다.

그러나 운테 남작이 원하는 건 그런 게 아닐 것이다. 부인이 살아 있을 때와 똑같은 모습으로 되살아나기를 바라는 것이겠지.

응접실은 조용하고 깨끗했다. 이상한 일이 벌어지는 기미는 전혀 없었다. 하녀들의 표정도 평범했고 집사 역시 당황하는 기색 같은 건 없었다.

단지 냄새가 신경 쓰였다. 복도 끝에서 옅게 흘러나오는 냄새가 응접실 안까지 가득 채웠다.

"남작님, 현상금을 받으러 왔습니다요."

비제이가 비굴하게 굽실거리며 말을 꺼냈다. 레이가 기절한 뱅커를 바닥에 툭 던졌다.

"이게 현상금 포스터에 붙어 있던 그 괴물이 확실합니다요.

성문 앞 숲에서 잡았습죠."

"이 괴물이 돼지와 양을 잡아먹는 그 괴물이라고?"

"네, 네. 보십쇼. 귀에도 털이 듬뿍듬뿍. 얼굴도 괴물같이 일그러진 것이 덩치도 크고. 이 몸뚱아리면 돼지 정도는 한 손으로도 뜯지 않겠습니까요."

비제이는 굽실굽실을 잘했지만, 레이는 남작의 앞에서 굽실거리는 것만큼은 도무지 할 수 없는지 고개를 빳빳이 세우고 서 있었다. 남작은 그런 레이에게 불쾌감을 느낀 듯 인상을 찌푸렸지만 별말 하지 않았다.

"마을 사람들에게 듣던 것과는 다르군. 얼굴에 녹색 비늘이 있다고 했는데."

"아, 그 번질번질하고 징그러운 것 말씀입니까? 그건 너무 보기 안 좋아서 잡자마자 다 뜯어버렸습니다요."

비제이는 남작과 눈을 맞췄다. 남작은 차갑게 웃더니 고개를 저었다.

"그 비늘을 그렇게 쉽게 뜯어냈다구? 그보다 난 자네가 왜 그 꼴을 하고 있는지 모르겠군, 비제이."

"비제이라뇨? 그 유명하고 잘생기고 매력적인 남자 비제이님께서 이곳에 계실 리가 없잖습니까요."

"눈동자 색깔을 바꿔야 한다는 생각은 하지 못한 모양이지요?"

남작이 갑자기 존대를 사용하자 비제이의 표정이 굳었다.

남작은 개의치 않고 계속해서 말했다.

"그런 색깔의 눈동자는 흔하지 않습니다. 제르디 가문 사람이 아닌 다음에야 누가 그 색깔을 하고 있겠습니까? 바스티안 공작님. 바스티안 님과 함께 계시는 분은 아마도 붉은 기사 헤레이스 백작님이시겠군요."

"몰라야 할 것을 아셨으니 죽어주셔야겠습니다, 운테 남작님."

"장난기는 여전하십니다, 공작님."

"난 공작 작위를 받은 적이 없습니다, 남작님."

"공작님이 돌아가셨으니 당연히 아드님께 지위가 내려오지 않겠습니까. 제르디 가문은 작위를 세습할 수 있도록 전대 국왕께서 친히 명하셨으니까요."

"하지만 제르디 가문은 멸했습니다. 이제 와서 사라진 가문 이야기를 꺼낼 필요는 없겠죠. 어쨌든 남작님, 뭘 꾸미는 겁니까?"

"꾸미다니? 무슨 말씀이신지."

"나는 남작님이 싫지 않습니다. 뭐, 이왕 걸린 거 툭 터놓고 얘기하죠. 자수하세요. 헤레이스 백작은 당신을 정중하게 대할 겁니다."

"자수라니? 자수할 만한 죄가 없는데 무엇을 자수하라는 건지 모르겠군요."

"다 알고 왔습니다."

"허세도 여전하십니다, 공작님."

"아, 그러게 공작 아니라니까요. 그냥 비제이라고 불러요. 그리고 우리 싸우지 말고 좋게 끝냅시다. 숨겨놓은 트레저 있으면 몇 개 내놓고요. 그럼 형을 감해주죠."

"누구 마음대로."

레이가 나섰다.

"운테 남작. 우리는 이 마을에서 일어난 몇 가지 이상한 사건과 괴물에 대해 알고 있다. 그리고 한 가지 결론에 도달했지. 난 남작이 그런 짓을 저지르지 않았기를 바라지만, 아마 당신은 저질렀겠지."

"......"

"지금 당신의 입으로 죄를 고백하고 자수한다면, 큰 벌은 받지 않을 것이다. 허나 당신의 죄가 내 입으로 밝혀진다면 당신은 작위를 박탈당하고 수감된다. 그리고 죽겠지."

남작은 대답 없이 미소를 지었다. 도무지 죄를 지은 자처럼 보이지 않았다.

"남작, 난 오래 기다리는 걸 싫어한다. 지금 대답해라. 당신은 무슨 짓을 저질렀지?"

"아무것도 저지르지 않았습니다."

"그렇다면 라트 연합 특별 수사권의 권한으로 당신을 체포해야겠군."

"도대체 제가 무슨 죄를 저질렀다는 건지 모르겠습니다."

"연금술."

대답을 한 건 비제이였다. 비제이는 남작을 노려봤다. 그러나 남작은 여전히 미소를 지었다. 그런 말은 알지도 못한다는 듯.

"연금술이 처음 알려졌을 때만 해도 사람들은 열광했죠. 길가에 굴러다니는 돌을 금으로 바꾼다. 마법사도, 학자도, 공부 좀 한다 하는 사람들은 다들 자기 진로를 연금술사로 바꿨죠. 하지만 연금술의 번성은 100년도 가지 않았어요. 왜일까요?"

"그러게요. 왜일까요?"

"금을 만들기 위해선 금이 필요하고 은을 만들기 위해선 은이 필요하다는 것을 알게 되었기 때문이죠. 100년이나 걸려서. 결국 돌을 금으로 바꾸는 환상적인 기술 따위는 존재하지 않는 거였습니다."

"그렇습니까. 아는 것도 많으시군요, 어린 공작님께서는."

"당신은 아내가 죽은 후 그녀를 되살리고 싶었겠죠. 헌터를 하느라 바빠서 그녀와 함께 있어준 시간이 별로 없었으니까요. 흑마법은 죽은 것들을 움직이게 하는 마법밖에 없으니, 당신은 연금술을 택한 겁니다. 등가교환의 법칙만 따르면 죽은 자에게도 생명을 줄 수 있을 테니까요."

"정말 그렇게 생각하십니까?"

"네, 정말 그렇게 생각하십니다. 하지만 생명을 주는 것은 신의 권한. 연금술 따위로 죽은 자를 살려내는 게 가능하진 않죠. 당신은 처음부터 등가교환에 알고 있었습니다. 한 사람을 살리려면 한 사람의 생명이 필요하다는 것도. 그래서 젊은 여자들을 끌어모았죠. 그들의 생명을 사용해서 아내를 살리기 위해."

고요한 바람 소리가 들려왔다.

'아니, 바람 소리가 아냐.'

비제이는 그 소리를 좀 더 들어보고 싶었다. 하지만 시간을 끌기 위해선 남작에게 틈을 줘선 안 됐다. 계속 몰아붙여야 했다.

'빨리 좀 오지.'

비제이는 이 저택 안에서 벌어지는 일이 이걸로 끝이 아닌 것 같다는 예감이 들었다.

'남작은 왜 가만히 있는 거지? 남작도 생각해둔 게 있는 건가?'

비제이는 레이를 믿었다. 순수한 검술로만 싸운다면 남작은 레이를 이길 수 없다.

하지만 남작에게는 하더 왕의 검이 있었다. 트레저에 대한 면역력이 없는 레이는 하더 왕의 검을 상대로 제대로 된 검술을 펼치지 못할 것이다.

"실패를 했을 겁니다. 몇 번이나 실패를 반복하면서도 당신은 포기하지 않았죠. 그렇게 괴물들을 만들어냈습니다. 마을을 돌아다니는 괴물 역시 당신이 만든 괴물이겠죠. 그렇기 때

문에 영지민들이 당신에게 괴물에 대한 이야기를 했을 때, 곧
바로 현상금 포스터를 붙인 겁니다. 괴물의 정체가 라트 연합
에 알려지면 큰일이니까요. 안 그렇습니까, 남작님?”

“······.”

“여자들을 사용해도 계속 실패한 남작님은 다른 게 필요하
다는 걸 깨달았죠. 그러다 떠올랐겠죠. 강한 사념이 남은 트레
저가 있다면 성공할지도 모른다는 것. 게다가 생명체와 비슷
한 정령을 불러낼 수 있는 트레저가 있다면, 이번에야말로 하
나의 생명을 만들어낼 수 있을지 모른다는 생각. 그래서 나의
귀걸이를 노린 거겠죠. 하베나이툼은 최고의 정령술사였고,
그의 사념과 능력이 남아 있으니까요.”

“재미있는 이야기입니다, 공작님.”

“공작이란 말은 이제 됐습니다. 그런데 아무리 생각해도 이
해되지 않는 게 있습니다. 당신은 하녀로 들어온 처녀들이 사
라진다는 걸 감춰야 하는 입장이었습니다. 그러기에 제일 좋
은 방법은, 하녀들과 개인적인 친분을 쌓는 사람들이 없는 게
가장 좋겠죠. 연금술 재료로 사용할 여자들은 저택 안에만 머
무르는 게 마땅했습니다. 그런데 왜 그 여자들 중 몇 명을 마
을로 보낸 거죠?”

“글쎄요, 공작님 상상 속에서 벌어지는 일에 대해 제가 알
수 있겠습니까? 답은 공작님이 아시겠지요.”

“쉽게 갑시다, 남작님. 우리 둘 다 더 이상 속일 거 없다는

거 알잖습니까. 안 그래요? 남작님이 여기서 발버둥을 쳐도 헤레이스 백작을 이길 수는 없습니다. 당신과 헤레이스 백작의 실력 차는 어린애와 어른의 차이만큼 확실하니까요.”

“하지만 공작님도 내가 이길지 모른다는 생각 때문에 이렇게 시간을 끌고 계신 것 아닙니까?”

“그럴 리가요. 난 한없이 너그러워서 남작님이 갱생할 수 있도록 이끌어주고 싶을 뿐입니다.”

“우리 어린 공작님께서는 정말 너그러우시군요.”

파직.

두 사람은 서로를 조용히 노려봤다. 눈빛이 닿는 곳에서 강한 힘이 튀었다.

비제이는 속으로 숫자를 셌다.

‘하나, 둘, 셋!’

와장창!

“침입자다!”

“잡아라!”

“폭발이다!”

“으악! 독이야! 살려줘!”

밖이 소란스러워졌다.

폭탄이 터지는 소리, 비명 소리.

놈들이 알맞은 시간에 와줬다.

비제이가 굳이 부단장인 히핀을 기절시켜서 여관에 끌어들인 이유는, 그들에게 자신들의 단장을 구하러 올 기회를 주기 위해서였다. 히핀이 깨어나면 볼 수 있도록 창문에는 커다란 편지도 붙여놨다.

약해빠진 얼간이들.

니들 단장 놈은 우리가 운테 남작님에게 넘기기로 했다. 운테 남작님께서 뱅커 놈을 잡아오라고 하셨거든. 우리가 운테 남작님 밑에서 일하는지는 전혀 몰랐지? 멍청한 놈들.

구할 수 있으면 와봐라. 뭐, 니들 같은 겁쟁이들이라면 꽁지 빠지게 도망치겠지만.

상대는 귀족, 남작님이시거든!

니들이 상대나 할 수 있을 것 같냐? 괜한 짓 하지 말고 얼른 얼른 도망쳐라. 안 그러면 우리가 니들도 잡으러 쫓아갈 테니까.

하하하하하하.

-헬터 & 퓬스-

반쯤 도박이었다. 놈들이 진짜로 단장을 버리고 도망칠 수도 있었기 때문이다. 하지만 뱅커 용병단은 의외로 의리가 있었다.

"이걸 기다린 겁니까?"

남작이 비릿하게 웃었다.

"바깥을 이렇게 소란스럽게 만들어서 뭘 하시겠다는 건지

모르겠군요. 제 저택을 지저분하게 만든다면 아무리 공작님이
라도 용서하기 힘듭니다. 애들을 물리시지요.”

“무슨 말씀이죠? 난 쟤들 모르는데요?”

“물리십시오, 공작님.”

“쟤들 모른다니까요.”

“헬터, 푼스! 이 개새끼들! 당장 우리 단장을 돌려줘!”

창문에서 단원들이 외치는 소리가 들려왔다. 비제이가 싱긋
웃었다.

“저것 봐요. 쟤들이 집을 잘못 찾아온 거라니까요.”

남작은 비제이를 노려봤다.

“이곳은 제 영역입니다. 아무리 신분이 높아도 제 저택을 아
수라장으로 만들 권리는 없습니다.”

남작이 겉으로 분노를 드러내는데도 비제이는 여유를 잃지
않았다. 이제 곧 남작이 밖으로 나갈 터였다. 자신의 저택을
침입했는데도 나가지 않는다면 이상하게 여길 무리들이 생길
테니까.

게다가 상대는 용병단이었다.

용병단은 여기저기 떠돌아다니고 입도 쌌다. 운테 남작의
집에 쳐들어가서 난장판으로 만들어놓는데도 남작은 나와 보
지도 않더라, 는 소문이 부지불식간에 퍼질 터였다. 용병들 사
이에서 그 소문이 퍼지면, 용병들은 남작을 우습게 여길 것이
고 그 후로 남작은 귀찮은 일에 시달리게 될 게 뻔했다.

비제이는 남작을 저택 건물 밖으로 내몰아야 했다. 저택 안에서 하더 왕의 검의 힘이 사용된다면 많은 희생자가 생길 테니까.

'하더 왕의 검은 어디에 있지?'

비제이는 아까부터 남작을, 그리고 응접실을 눈여겨봤지만 하더 왕의 검은 보이지 않았다. 어딘가에 숨겨놓은 것이 틀림없다.

'지하실? 아니, 거긴 너무 뻔해. 침실인가?'

비제이는 창문으로 시선을 돌렸다.

폭발로 인해 여기저기서 불타는 것이 보였다. 용병단은 이미 저택 입구를 지키는 경비병들을 뚫고 분수가 있는 곳까지 들어왔다.

꿈틀.

남작도 같은 곳을 보고 있었는데 아주 잠깐이지만 남작의 눈동자가 흔들리는 게 보였다. 비제이는 웃었다.

'찾았다!'

남작이 졌다.

운테 남작은 밖으로 나가기 위해 몸을 움직였고,

채앵.

레이는 검을 뽑았다. 남작이 당황하지 않고 말했다.

"제 저택을 위해 나가는 것뿐입니다. 죄가 없으니 싸울 생각도 없고 도망칠 생각도 없습니다."

레이가 비제이를 쳐다봤다. 비제이는 그냥 싱글싱글 웃고만 있었다. 레이가 공격하지 않으리라는 걸 확인한 남작은 빠르게 응접실을 나갔다.

비제이가 레이의 팔을 잡았다.

"레이, 남작은 하더 왕의 검을 가지러 나갔어. 하더 왕의 검은 분수에 있어. 분수 중앙에 서 있는 저 조각상의 검 안에. 남작의 손에 들어가지 않게 막아줘. 난 저택 안에 있는 사람들을 구출할게."

"괜찮겠냐?"

"난 비제이 님이라구."

"그러시겠지."

레이는 망설임 없이 창문으로 뛰어내렸다.

걱정했던 하더 왕의 검은 남작이 몸에 숨겨놓지 않았다. 이럴 줄 알았더라면 아까 승패를 가르는 거였는데.

레이는 운테 남작보다 빠르니 하더 왕의 검을 손에 넣을 수 있을 것이다.

"그럼 난 이 소리가 들려오는 곳으로 가볼까?"

복도로 나간 비제이는 눈을 감았다. 아까부터 비제이의 후각을 괴롭히는 역한 냄새. 그리고 바람 소리와 비슷한 기이한 소리.

그것들은 한 방향에서 시작되었다.

복도의 끝.

쿵. 쿵. 쿵.

심장이 울렸다. 비제이의 육감이 그곳에 무시무시한 일이 벌어지고 있다는 걸 소리쳐 알렸다. 손가락 끝이 차게 식었다.

'뭐지?'

올타 왕립 아카데미의 사건 때도 이렇게까지 불길하진 않았는데.

복도 끝엔 계단이 있었다. 계단 아래 커다란 벽이 보였다. 아니, 철문이었다. 벽처럼 보이기는 하지만 그건 분명 철문.

섬뜩했다.

환각 마법이 아니다. 이곳에 마나의 기운은 없다. 이건 트레저의 기운이었다.

'속았어!'

당황했다. 비제이는 철문에 손을 댈 수 없었다. 그보다는 레이가 걱정이 됐다.

운테 님직은 처음부터 하더 왕의 검을 가지고 있었다. 단지 비제이와 레이가 그 검을 알아볼 수 없었던 것뿐이다.

하더 왕의 검은 짙은 안개를 뿌리는 검. 하더 왕이 지나가는 곳에는 안개가 끼어, 누구도 하더 왕을 공격할 수 없었다는 이야기가 있었다.

그러나 하더 왕의 검이 가진 진정한 힘은 안개 따위가 아니었다.

그 안개 안에 들어가면 환각을 보게 된다. 자신이 환각을 보고 있다는 것조차 깨닫지 못하는 환각. 현실과 똑같아서 함정에 빠졌다고는 상상조차 할 수 없는, 그런 종류의 환각.

처음부터 운테 남작은 이 저택 안에 안개를 뿌려놓고 비제이와 레이에게 환각을 보여줬던 것이다. 비제이와 레이가 이 안에 들어온 후에 본 모든 것이 환각이었다.

저택 앞을 지키던 경비병은 진짜였을까. 안내해준 집사는 진짜였을까.

그런 걸 생각할 틈이 아니었다.

'레이는 무사할 거야.'

레이는 붉은 기사, 대륙의 영웅이다. 환각 따위에 지지는 않을 것이다. 그렇게 믿고 싶었다.

"레이는 무사할 거야!"

흔들리는 마음을 잡기 위해 꾸짖듯이 외쳤다.

남작을 너무 쉽게 본 것이 실수였다. 아무리 헌터를 그만둔 지 오래됐어도 운테 남작은 익스퍼러 헌터. 마스터 헌터의 바로 아래 단계까지 오른 자였다.

그런 자라면 트레저를 능숙하게 다루고 그 힘을 끌어올릴 수 있다는 것을 진작 알아야 했다. 충분히 대비하고 조심해야 했다.

실제로 스콜피언 대거에 찔려 어지간한 트레저는 통하지 않던 비제이조차 환각을 구별하지 못했다. 마음을 놓고 있었던 탓이기도 했지만. 그나마 전갈의 죽음에 걸렸기 때문에 눈앞의 벽이 사실은 철문이라는 걸 알 수 있었다.

레이는 어떨지.

'빌어먹을! 레이, 조심해야 돼!'

이미 싸움은 시작되었다.

지금 간다고 해서 레이에게 도움이 되진 않을 터였다. 게다가 지금 눈에 보이는 것이 전부 환각이라면, 그 두 사람이 싸우는 곳을 정확하게 찾아갈 수 있을지도 확신할 수가 없다.

비제이는 그보단 눈앞에 있는 기이한 철문의 안쪽을 확인하기로 했다.

끼이이익.

차가운 철문을 밀었다. 문은 의외로 쉽게 열렸다.

화악.

안에서 역한 냄새가 풍겨 나왔다. 저택에 퍼져 있는 것보다 몇 배는 더 강한 냄새.

비제이는 역거움을 참으며 눈에 힘을 줬다.

"아아이아! 매그으으으으으!"

비제이는 자신의 패배를 실감했다.

"매그, 매그! 매그으으으으! 안 돼애애애애!"

바람 소리처럼 들리던 것은 사실 에쉴리의 비명 소리.

"매그으으! 죽으면 안 돼애애애!"

시간을 끌려던 것은 비제이가 아니었다. 운테 남작이야말로 시간을 끌려는 작진이었고, 비제이는 거기에 보기 좋게 걸려

들었다.

비제이의 얼굴이 일그러졌다.

으득.

이를 악물었지만 신음이 흘러나왔다.

으으으.

낮은 신음을 흘리며 터벅 터벅 안으로 걸어 들어갔다.

그 넓은 지하의 공간 안에서 벌어지는 끔찍한 것을 막기 위해, 저지할 수 있다면 저지하기 위해.

"매─그─! 죽지 마아아아아─!"

이 비명을, 이 절규를 멈추기 위해.

비제이는 걸었다. 비틀거리지 않고 꼿꼿하게.

매그는 죽지 않았다. 죽어가지도 않았다.

그녀는 단지 섞이고 있었다. 생명력이 그토록 강하다는 한 마리의 오크에게.

진녹색 징그러운 피부를 가진 오크와 자그마하고 하얀 피부가 아름다운 매그. 둘은 마치 처음부터 한 몸이었다는 듯 반씩 섞여 있었다. 오크의 크기는 줄어들었고, 매그의 크기는 늘어나 왼쪽과 오른쪽 한 부분씩을 차지했다.

뒤섞였다.

현실일까? 저 괴물이 정말 현실에 존재하는 걸까?

깜빡깜빡.

매그의 커다란 눈, 그리고 오크의 가늘고 탁한 눈이 동시에

깜빡거리며 비제이를 쳐다봤다.

“아아.”

매그와 오크의 입이 동시에 벌어지며 괴상한 음성이 흘러나왔다.

“비……제이…… 님…….”

반쪽 매그는 생긋 웃었고, 반쪽 오크도 함께 웃었다.

“조금만…… 일찍…… 오시지…… 이렇게…… 되기 전에…….”

“비제이?”

에쉴리가 비제이를 노려봤다. 에쉴리는 구석의 기둥에 단단히 묶여 있었다.

“비제이? 비제이? 비제이—!”

에쉴리가 몸부림을 쳤다. 아까부터 얼마나 동생을 부르며 울부짖은 건지, 목소리는 잔뜩 쉬고 온몸은 밧줄 때문에 상처가 나 피까지 흘렀다. 그러나 그녀는 계속해서 움직였다.

“비제이! 네놈이…… 네놈이 오크링을! 오크링만 있었어도! 오크링만 있었어도 매그가!”

“……”

“네놈이 속여서야! 네놈이 우릴 속여시 매그가 저렇게 된 거라구! 그게 오크링이라고 해서! 그 더러운 송충이가 오크링이라고 믿고! 우리는 그걸 믿고 남작을! 이 개자식아!”

“……”

“네놈이 나의 매그를! 내 동생을!”

“……”

비제이는 아무 말도 할 수 없었다.

에쉴리의 말이 맞았다.

저 두 바보 자매는 순진하게 비제이를 믿었다. 훔친 것이 오크링일 거라고 믿고는 남작을 상대하려 했다.

저들이 반지를 훔친 건 잘못이다. 하지만 이렇게 될 줄 알았더라면 오크링 따위 그냥 줄 걸 그랬다. 쎄씨로이도 빼앗았고 수면향도 빼앗았는데, 오크링 같은 거 그냥 줄 걸 그랬다.

비제이의 얼굴이 일그러졌다. 표정을 펼 수가 없었다. 억지 웃음조차 나오지 않았다.

‘구할 수 있을까?’

무리였다.

매그와 오크는 완전히 한 몸이 되었다. 저 둘은 하나, 내장도 뇌도 이미 하나가 되었을 터였다.

뜯어낸다면 죽겠지.

커다란 유리관 안에서 매그는 눈물을 흘렸다. 매그는 애써 웃으려는 것 같았지만, 오크와 섞인 그 얼굴은 험악하게 일그러지기만 했다.

꾸욱.

비제이는 주먹을 쥐었다.

“언니를…… 구해줘요…….”

"매그으으!"

"전 어차피…… 이렇게 살진…… 못하잖……아요…….."

비제이는 둥근 유리관에 손을 댔다. 유리관은 따뜻했다.

"그러니까…… 언니를…… 부디………."

"매그! 너 없이는 나도 못 살아! 너 죽으면 나도 죽어! 그런 모습이면 어때? 트레저를 찾을 거야! 네가 원래대로 돌아올 수 있게 트레저를 찾을 거야! 매그! 매그, 그런 말 하지 마! 너 없이 내가 어떻게 살아? 우린 위험한 장미야! 우린…… 둘이 같이 위험한 장미라구!"

"언니…… 언니…… 이렇게는… 함께 다닐 수 없어……요. 모두 우릴…… 피하고……… 언니까지 힘들어지고…… 헌터 일도 못 할…… 거예요…… 그리고 난…… 레이 님에게…… 이런 모습…… 보이기 싫은걸요…… 후후."

쨍그랑!

비제이가 주먹으로 유리관을 후려쳤다. 두꺼운 유리관은 산산조각이 나 바닥에 흩어졌다. 비제이의 주먹에 유리파편이 꽂혔다. 손등이 찢겨 피가 흘렀다. 하지만 비제이는 신경 쓰지 않았다. 어깨의 붉은 스콜피언도 움직이지 않았다.

비제이의 붉은 눈동자가 매그를 응시했다. 매그는 비제이를 향해 빙긋 미소를 지었다. 비제이는 가슴이 미어졌다.

'오크링 따위!'

줄 걸 그랬다. 그냥 훔쳐가게 내버려둘 걸 그랬다. 아니면 애초에 훔치지 못하게 막아버릴걸. 저들이 바보처럼 오크링의 힘을 믿고 남작에게 대들지 못하게.

오크링이 있었어도 저들은 남작을 이기지 못했다. 하지만 적어도 남작에게 덤빌 생각은 하지 않았을 것이다. 남작의 의뢰를 실패했으니 조용히 몸을 숨겼을 것이다.

"난……."

비제이가 입을 열었다.

"나는…… 못 해. 나는…… 매그, 미안. 난 연금술을 하지 못해."

"알아요……."

"내가, 내가 뭐든……."

"언니를…… 여기서…… 데리고 나가줘요…… 부디…… 언니를 무사히……."

"널 두고는 안 가!"

에쉴리가 발악했다.

"매그! 난 널 두고 안 가! 매그, 너 없인 나도 안 가!"

"그거면 되겠어?"

"나는 가지 않을 거라구! 내가 말했어! 난 안 가! 난 매그랑 같이 가는 게 아니면 어디에도 안 가!"

비제이가 물었다. 매그는 고개를 끄덕였다.

"알겠어."

"웃기지 마, 비제이! 난 안 나가! 날 구할 생각하지 마! 네놈

따위의 도움 필요 없어! 내 몸에 손댈 생각하지 마! 네놈
은……!”

비제이는 수면향을 꺼냈다. 수면향의 연기가 에쉴리의 근처
에서만 뽀얗게 번졌다.

에쉴리는 잠이 들었다.

비제이는 에쉴리를 결박했던 거친 밧줄을 풀고, 자신의 윗
옷을 벗어 알몸이었던 에쉴리의 몸에 걸쳐주었다.

“그건…… 전갈의……?”

비제이의 어깨에서 붉은 스콜피언을 발견한 매그의 눈이 흔
들렸다. 비제이는 에쉴리를 들어 어깨에 올렸다. 붉은 스콜피
언이 가려졌다.

비제이가 매그를 돌아봤다.

“난 나갈 거야. 같이 가자.”

“아니요…… 나는…… 이 꼴로는…… 도무지…… 레이 님을
볼 수가…….”

“…….”

“레이 님께는…… 예쁜 모습으로…… 기억되고…… 싶어
요…….”

비제이가 쓰게 웃으며 매그의 얼굴을 쓰다듬었다. 매그의
피부는 매끄러웠다. 반쪽이 오크라는 걸 믿을 수 없을 만큼.

“여자 얼굴은 다 거기서 거기야. 레이 녀석이라면 분명 그렇
게 말할걸.”

"응, 안심되네요."

이번에 웃는 얼굴은 아까보다 나았다.

비제이는 억지로 매그를 데리고 나갈 수 없었다. 여자들이 자신의 외모에 얼마나 집착하는지 알고 있다. 아니, 남자들이라도 이런 모습으로는 사람들 앞에 나서고 싶지 않을 것이다.

"여기 혼자 남아서 어쩔 생각이야?"

"이 몸에 조금 익숙해지면…… 아마 오크처럼 힘이 세지겠죠? 오크링이 없어도……."

"……."

"그러면 남작을…… 죽일 거예요. 그리고…… 나도 죽을 거예요……."

"……그래. 하지만 남작은 내가 죽일 거야."

"비제이 님……."

"널 이렇게 만든 남작은, 내 손으로 죽일 거야. 그러니까 넌 그 예쁜 손에 상처 안 나게 가만히 있어."

"……."

"죽을 생각하지 말고…… 가만히 있어. 뭐든 살아 있으면…… 살아 있기만 하면…… 죽을 만한 고통 속에서도 빛을 발견하게 되더라."

매그는 잠자코 비제이의 고통스러워하는 얼굴을 응시했다. 비제이가 한 말이 단지 위로의 말뿐이 아니라는 걸 알 수 있었다.

비제이는 전갈의 죽음에 걸렸다. 어떻게 아직까지 인간의 모습으로 있는지는 모르겠지만 아마 끔찍한 고통 속에 있을 것이다. 언제 마물이 되어버릴지 모른다는, 언제 소중한 사람을 죽일지 모른다는 두려움과 고통.

몸 한쪽이 오크에게 섞였지만 이성은 남아 있는 것과 자신도 모르는 사이에 마물이 되어 소중한 사람을 해치게 되는 것.

과연 무엇이 더 큰 고통인 걸까?

"당신은…… 발견했나요? ……그 빛을……?"

"……노력 중이야."

"그래요."

"나가는 길에 남작 죽이고 갈게. 안녕, 매그."

"안녕, 비제이 님……."

비제이는 철문을 닫았다.

쾅.

매그와의 사이에 두꺼운 철문이 가로막았지만, 비제이는 매그의 고통을 잊지 않았다. 매그가 느끼고 있을 절망과 고통, 괴로움은 충분히 비제이에게 전해졌다.

괴물이 되었다.

비제이도 알았다. 괴물이 된다는 고통, 그것이 어떤 것인지는.

그녀를 구해줄 수는 없다. 다시 평범한 인간으로 만들어줄 수도 없다. 하지만 할 수 있는 게 딱 하나 있다.

‘지나간 일은 잊자. 지금은 당황하고 분노할 때가 아니야.’

매그에게도 빚이 있었다. 하지만 그 빚이 매그에게 도달하기 위해선, 비제이가 움직여야 했다.

더 이상의 실수는 용납되지 않는다.

비제이의 검붉은 눈동자가 결의로 빛났다. 어깨의 짐이 무거웠다. 에쉴리의 분노, 슬픔, 증오. 그 모든 것을 짊어지기로 했다.

비제이는 한 걸음 한 걸음 계단을 올라갔다.

밖은 아직도 시끄러웠다.

폭발, 신음, 고함.

수많은 소리가 뒤엉켰다.

그 속에 레이의 음성도 있을까?

비제이는 눈을 감았다.

청각에 온 신경을 모았다. 듣자, 레이의 음성을 듣자. 더 이상 희생이 생기지 않도록.

레이가 느껴지지 않았다. 그 음성도 숨소리도 비제이의 귀에 닿지 않았다.

불길했다.

무슨 일이 벌어진 걸까?

‘멀리 간 거겠지? 레이가 당할 리는 없어.’

심장이 쿵쾅거렸다.

‘남작이 질 것 같으니까 도망쳤을 거야. 남작을 쫓아가느라

멀리 간 게 분명해. 목소리가 들리지 않을 정도로 멀리.'

비제이는 심호흡하며 눈을 떴다.

어느새 뿌연 안개가 비제이의 시야를 가리고 있었다.

*　　*　　*

레이는 바닥에 내려서자마자 검을 뽑았다. 운테 남작의 모습이 보이지 않았다.

"저기다!"

"저기 그 새끼가 있어!"

"잡앗!"

레이를 발견한 용병단 무리가 악을 쓰며 달려왔다. 그들을 처리하기는 어렵지 않았다. 히핀의 독도 레이에게는 통하지 않았다.

휙!

레이는 검을 휘둘렀다. 바람이 둥근 궤적을 그리며 날아오는 독을 날려버렸다.

뱅커 용병단보다는 하더 왕의 검을 손에 넣는 것이 중요했다. 하더 왕의 검이 무슨 힘을 갖고 있는지는 대충 알지만, 어차피 레이는 그 힘을 제대로 사용할 수가 없다. 레이는 트레저 헌터가 아니었기에, 트레저를 다루기 위해서는 한참의 노력이 필요했다.

단지 그 검이 운테 남작의 손에 들어가는 걸 막아야 한다. 운테 남작이 그 힘을 사용하면 이곳에 있는 모두가 위험해질 테니까.

'아무리 나라도 제대로 상대할 수 있을지. 물론 나는 대단하지만.'

레이는 분수의 조각상을 찾았다.

분수 중앙의 조각상은 위세 좋게 하늘을 향해 검을 추켜들고 있었다.

"저 안에 하더 왕의 검이 있단 말이지."

너무 쉬워서 이상하다는 생각이 든다.

레이가 창문으로 뛰어내리긴 했지만 남작은 그보다 먼저 나갔다. 지금쯤 이곳에 도착해서 난동이라도 부려야 할 텐데.

'왜 남작이 안 보이는 거지?'

찝찝했다.

비제이의 계획에는 이상 없었다. 하지만 자꾸 찝찝해서 조각상에 집중할 수가 없었다.

"어쨌든 검을 손에 넣자."

레이는 양손으로 검을 붙잡아 추켜올렸다.

째액!

그리고 사선으로 내리그었다.

조각상은 깨끗하게 반으로 갈라졌다.

투둑.

조각의 상체 부분이 바닥에 떨어졌다. 레이는 분수대에서 내려와 조각상의 상체를 밟아 부수었다.

콰직.

돌덩어리가 깨지며 안에 들어 있던 것이 모습을 드러냈다.

은백색 검집, 그리고 그 안에 들어 있는 하더 왕의 검.

듣던 대로 아름다웠다. 검집에 조각된 드래곤은 금방이라도 불을 뿜어낼 듯 생동감이 넘쳤고, 힐트는 잡기 편하면서도 화려했다.

'감상하고 있을 때가 아니지.'

레이는 검집을 잡았다.

'음?'

확실히 뭔가 이상하다.

검을 들어올렸다.

'이건……'

레이는 어릴 적부터 검을 만지고 살아왔다. 무수히 많은 명검을 직접 만져보고 사용하기도 했다.

딜렸다.

이 검은 달랐는데, 그게 명검이라거나 트레저이기 때문에 다른 건 아니었다.

'속았다!'

이 이질감은 자신이 잡고 있는 게 검이 아니라는 걸 알리는 이질감. 형태는 분명 검이지만 검이 아니었다.

'빌어먹을!'

속았다는 것을 깨닫고 허리를 펼 때였다.

쌔애애액!

뿌연 공기를 뚫고 날카로운 것이 레이의 목을 향해 날아왔다. 엉거주춤한 자세의 레이는 그것을 피할 수 없었다.

* * *

'남작이 힘을 사용하고 있군.'

비제이는 주위를 둘러봤다. 사람들 목소리가 들려오긴 하는데, 어디서 들려오는지까지는 알기 힘들었다. 속삭이는 것 같기도 하고 가까이에서 외치는 것 같기도 했다.

'과연, 이게 하더 왕의 힘이었다는 건가?'

하더 왕의 검 자체가 S급 트레저이기도 한 데다가, 검을 다루는 남작 또한 익스퍼러 헌터.

그 힘이 강할 만했다.

'그럼 남작은 아직 저택 안에 있다는 건가?'

남작이 아무리 익스퍼러 헌터였다지만, 온 마을을 상대로 환각을 보게 할 수는 없을 터였다. 분명 남작은 이 근처에 있다. 그렇다면 왜 레이가 느껴지지 않는 걸까?

쿵쾅, 쿵쾅.

심장이 거칠게 뛰었다. 숨이 막히려 했다.

‘아냐, 레이를 믿어야 돼.’

비제이는 다시 눈을 감고 청각에 모든 신경을 집중시켰다.

‘듣자. 레이, 목소리를 들려줘. 아니면 네 숨소리라도.’

저벅.

레이의 기척 대신 발자국 소리가 들렸다.

저벅.

그것은 점점 가까워졌다. 레이의 것은 아니다. 레이의 발자국 소리는 마을 밖에서 들려온다고 해도 알 수 있다.

이건 남작의 발자국 소리.

번쩍.

비제이는 눈을 크게 뜨고 뿌연 안개 속을 헤집었다. 희미하게 남작의 실루엣이 보였다. 남작은 딱히 부상을 입은 것처럼 보이지도 않았다.

“운테 남작.”

“무사하셨습니까? 밖에 용병단들이 난동을 부려서 고생 좀 했습니다.”

“……”

“아, 그리고 보니…… 이런 걸 주웠습니다.”

운테 남작은 뭔가를 들고 있었다. 둥근 공 같은 거였다.

“그쪽으로 보내드리겠습니다. 안 그러면 공작님께서 찾으실 것 같아서.”

남작이 허리를 굽혀 그것을 굴렸다.

데구르르르.

'아니겠지.'

툭.

데굴데굴 굴러온 것이 비제이의 신발 끝에 부딪쳐 움직임을 멈췄다. 비제이는 고개를 숙여 그것을 확인할 용기가 나지 않았다.

비릿한 냄새.

남작이 가까이 올 때부터 느껴지던 이 비릿한 냄새는 아주 잘 알고 있다. 피비린내.

'아닐 거야. 레이는 강하니까.'

손가락 끝이 덜덜 떨렸다. 어깨의 에쉴리가 너무 무거워서 주저앉을 것만 같았다.

'레이는 대륙 최강이니까.'

확인해야 한다.

그것이 무엇인지.

'레이는 내 검술 선생이었으니까.'

천천히 고개를 숙였다.

'레이는 어린 나이에 종교 전쟁을 승리로 이끌었으니까.'

우윳빛 안개.

발끝에 희미하게 보이는 둥근 공.

'그러니까 운테 남작 따위한테 질 리 없어.'

검푸른 머리카락.

‘이건 절대로 레이의 머리 따위가 아니야.’

검푸른, 빛을 잃은 공허한 눈동자.

‘레이는 절대로 죽지 않아.’

비제이는 질끈 눈을 감았다.

눈을 감았지만 그것은 사라지지 않았다. 분명 레이의 것이 아니어야만 하는 그 둥근 형체는 이상하게도 레이의 얼굴처럼 각인되어 눈을 감아도 보였다.

으으으.

비제이의 목에서 신음이 울렸다.

으으으으으.

레이가 아닌데. 레이는 절대로 죽을 리 없는데.

으으으으으으.

비제이는 눈을 떴다.

그것은 여전히 존재했다.

“레이를…….”

비제이의 팔에서 힘이 빠졌다.

투욱.

에쉴리가 바닥으로 떨어졌지만 비제이는 그것조차 깨닫지 못했다.

“레이를…….”

눈물이 목에 찼다.

“레이를 죽였어.”

이 목소리가 자신의 것이 맞는지 의심스러웠다. 흘러나오는 음성은 짐승의 신음소리처럼 그르렁거렸다.

"레이를 죽였어…… 레이를 죽였어."

남작이 싱긋 웃었다.

"그저 굴러다니는 걸 주워온 것뿐입니다."

"레이를 죽였어."

"안됐습니다, 바스티안 공작님."

"레—이—를— 죽—였—어—!"

『비제이』 3권에서 계속

『생사신』, 『삼류자객』, 『천마봉』의 작가!
몽월 신무협 장편 소설

『도자산』

명공명무(名工名武)라, 천지악에게 주어진 건
일렁이는 불길이었으되 그 자신으로 한 자루 명도가 되어
강호를 베어낼, 처절한 숙명이었다!

dream books
드림북스

無敵名
무적명
백준 신무협 장편소설
ORIENTAL FANTASYSTORY & ADVENTURE
떨문당한 장백파에 남아 있던 핏빛 글귀.
무적명(無敵名) 만리행(萬里行)
무적의 이름은 만리를 간다.
백준 신무협 장편소설
『무적명』
사형과 같은 길을 걷다 보면 그가 오리라!
강호를 종횡하며 사문의 원수 무적명을 부른다!
dream books
드림북스

천하에 협을 관철하고, 하늘에 천리를 묻는다!
진부동 신무협 장편소설
『풍운강호』
마교의 부활, 또다시 불어오는 혈풍의 비릿한 내음
난세를 종식시키기 위해 생사여탈의 판관이 되기로 다짐한 남자
협의지심, 이 한 마디만을 가슴에 품고 강호행에 나섰다!
dream books
드림북스

『아독』, 『백발검신』의 작가!
이광섭 판타지 장편소설

전장의 신이 되어라!

천방지축 아이더의 대책 없는 영웅 서사시

새로운 영웅의 탄생을 기다리는 검술의 시대.
실전의 꽃, 전장검술을 들고 아이더가 강림했다!

dream
books
드림북스